La mariée de l'été
des croquettes

Hilda Clergue

Mentions légales

Les personnages et les situations de ce récit étant purement fictifs, toute ressemblance avec des personnes ou des situations existantes ou ayant existé ne saurait être que fortuite.

Hilda Clergue, Avenue Ayguette 64140 Billère, France

ISBN : 978-2-9585301-2-9

Imprimé à la demande par Amazon, Seattle, Washington, États-Unis

Dépôt légal : novembre 2022

Remerciements

« Merci à toutes les personnes qui sont une inspiration quotidienne, comme ma sœur, charismatique et drôle, dont la personnalité atypique me rend fière, mes chers parents, mariés depuis 54 ans qui m'ont transmis ce que j'ai de plus cher.

Merci à mon Doudou qui me fait rire chaque jour, me nourris de son esprit émérite :)

Merci à ma chère Domi pour cette couverture magnifique et énigmatique, artiste si belle dans son habit de sensibilité.

Merci à mon cher ami Patrice, mon frère de siècle peut-être, pour la correction de ce roman.

Merci à toutes ces étoiles aimantes qui sont passées dans ma vie…

Avec toute mon affection, Hilda »

Chapitre 1

Il faisait doux. La saison touristique venait de commencer, les premiers Parisiens venaient esquisser des sillons sur la neige éclatante. Au sommet, l'air pur revigorait, l'œil dévorait les vallées en passant de l'une à l'autre, ne sachant plus où se poser. Les montagnes tout autour avaient revêtu leur couleur de lys immaculé, alors que leurs cimes chatouillaient les rares nuages vaporeux. Le ciel bleu rappelait les baies corses de la fin avril, ce bleu profond qui s'éclaircit à mesure qu'il se rapproche de l'horizon jusqu'à ce qu'ils se confondent. Les rayons du soleil se reflétaient sur tous les visages blanchis par l'écran total, caressants, agréables, joueurs. Ils se mêlaient avec l'air frais qui balayait le haut des pommettes. Une ambiance légère que Yann aimait respirer ; il lui semblait que la neige avait l'odeur de la terre. Il dissimulait son visage derrière de larges lunettes de soleil grises fumées. Sa tenue de ski noire lui permettait de se fondre parmi les touristes. Pour lui, c'était une question de survie. Ses cheveux poivre et sel malgré ses 35 ans, son allure mince et sportive, dévoilaient un tempérament nerveux.

Assis à la terrasse de l'hôtel en bois craquelé, il en contemplait la décoration chargée qui en ferait un décor de théâtre charmant pour une représentation : le bois sculpté courait le long des gouttières, les niches d'oiseaux de toutes les couleurs embrassaient les sapins alentour, les arbustes artificiels délimitaient la terrasse du tapis de neige dans laquelle étaient plantés les skis des sportifs que l'hiver avait rapprochés pour se détendre sur des transats, et profiter de la vue avant leur descente, séduits par le café chaud et le petit chocolat gourmand de la table d'à côté. Les imposantes poutres abîmées par les caprices du climat montagnard soutenaient un grand balcon à l'étage. Regarder ce bois vieilli calmait son agitation. En levant son menton, il inspirait lentement en fermant les yeux… « Que c'est bon d'être vivant » se disait-il. Il savait que cette quiétude allait être de courte durée, mais il essayait de ne plus y penser, le temps de boire un vin chaud à la cannelle. Si seulement il avait su…

L'eau était si fraîche quand elle sortait du robinet, que Rose la réchauffait quelques secondes au four micro-ondes pour la boire. Elle aimait cette maison de pierres coiffée de tuiles d'ardoises dans laquelle elle avait été si heureuse toute sa longue vie. Elle se souvenait d'une époque où son village montagnard abritait onze familles. Qu'il était beau son village ! Les maisons se ressemblaient toutes. Bien qu'espacées de quelques kilomètres, cela paraissait si peu quand elle courait vers la maison de Laura, sa meilleure amie. La maison de Laura avait le charme de sa famille. Elle se souvenait de l'odeur de vanille des langues de chat préparées par la maman de Laura quand elle venait la voir. Elles adoraient grignoter le contour croustillant de ces biscuits tout chaud qui sortaient du four et qui brûlaient les doigts. Elle sentait toujours bon le gâteau cette maison. Cela lui donnait un cachet particulier, une ambiance chaleureuse et savoureuse. Sur le mur en pierres de la salle commune qui servait à cuisiner, à manger et à lire, un tableau tressé en paille était accroché. Il représentait une maison au toit rouge, avec un petit oiseau à la fenêtre. Les différentes couleurs de paille avaient intrigué Rose... De la paille rouge ? Où cela se trouvait-il dans la vallée ? Pour elle, enfant sage et timide, elle n'osa jamais poser la question et cela resta un mystère. Pendant des mois, elle la cherchait dans des endroits reculés, près des chutes d'eau qui crachaient de la brume fraîche dont elle raffolait, dans les prairies de fleurs roses et bleues nourries par les grosses bouses de vaches qui déposaient généreusement une trace de leur passage quand elles venaient brouter. Elle n'y faisait plus attention ; séchées par le soleil, elles ne sentaient rien, ressemblant à de la terre sur laquelle les papillons bleus venaient jouer, « de la terre fabriquée par les vaches », comme lui disait mémé. Comme elle aimait ces prairies, desquelles de fines sources d'eau s'échappaient des roches luisantes, de tout petits sapins poussaient, entourés de fleurs jaunes, violettes et blanches, sertis d'herbes grasses et de fraisiers sauvages qui avaient ce rouge magnifique qu'elle aurait aimé inventer. Quand elle s'asseyait pour y regarder de plus près, elle y voyait un univers miniature dans lequel elle aurait aimé habiter si elle avait mesuré trois centimètres.

Elle cherchait cette paille rouge dans les bois de sapins, si hauts et si impressionnants. Quand elle passait près des branches, elle aimait les laisser lui caresser ses cheveux châtains dorés. Elle se sentait accueillie, appartenant à leur grande famille. Elle raffolait tant de leur odeur chatoyante et brève quand le soleil les cuisait ; elle plissait ses grands yeux bleus et haussait les épaules de plaisir. Ce moment l'envahissait, et n'appartenait à personne d'autre. Elle se demandait pourquoi cette merveilleuse odeur ne durait que l'espace d'une seconde à chaque fois. Les sapins étaient-ils comme elle, timides au point de ne pas s'imposer autrement que par leur stature ?

Dans ces forêts se trouvaient de hautes fougères vertes derrière lesquelles se cachaient de confortables canapés de mousse où elle aimait s'allonger en regardant le ciel à travers les branches d'arbre immenses complices du vent. Le bruit des feuilles frémissantes la plongeait dans le bonheur, elle étouffait ses rires avec sa petite main salie par son escapade. La lumière trop discrète se déposait au sol pour l'animer, Rose passait sa main à travers ses rayons, jonglant entre ombre et lumière. Elle s'amusait à frôler les boucles de mousses vertes pour taquiner les insectes qui y avaient bâti leur village. Elle regardait ensuite le ciel et se disait qu'elle devait elle aussi être à peine visible dans le tableau, ce tableau si vaste qu'est la nature, dont elle imaginait les contours, dorés, blancs, roses ou argentés, en fonction de son humeur.

Cet endroit était son endroit secret dans lequel elle aimait jouer avec Laura. Elles y couraient jusqu'à ne plus sentir leurs jambes, tout en adorant entendre le craquement des vieilles brindilles sous leurs pieds. Un jour, à courir trop vite, Laura avait perdu l'équilibre, tentée de se rattraper à une tige de grande fougère enroulée à ses extrémités qui la dépassait, elle s'était entaillée la main en la serrant trop fort. Les fougères sont belles… mais il ne fallait pas s'y agripper.

À part papa et Laura, personne d'autre ne connaissait ce refuge dans lequel tout n'était que rêve, où tout était possible… Dans cette forêt, les araignées étaient rigolotes : certaines se cachaient dans les hautes herbes, bien à l'abri dans leurs armures vertes fluorescentes, et d'autres avaient peine à courir avec leurs trop grandes pattes ! La petite Rose en avait fait ses copines : elle jouait avec ces araignées à longues pattes, les plaçait dans sa petite main qu'elle tendait très fort pour l'ouvrir toute grande et ne pas les blesser, et elle les faisait courir d'une main à l'autre, s'amusant des guili-guilis que cela lui faisait, jusqu'à ce que l'araignée s'arrête brusquement. Rose comprenait que l'araignée en avait assez et la déposait sur le sol, sous une feuille, pour qu'elle soit protégée. Un jour en jouant avec l'une d'elle, elle lui avait cassé involontairement une de ses pattes. Elle s'en était beaucoup voulu et avait peur que les autres araignées se moquent d'elle. Alors, elle avait convoqué un « grand conseil d'araignées » et avait fait promettre à chacune d'elle d'être gentille avec la petite blessée. Ce conseil n'était que dans son imagination, mais très sérieux pour elle.

La petite Rose venait souvent s'enivrer de la fraîcheur de cette forêt, tant c'était bon de la renifler comme le faisait le vieux Bobby qui ne dissimulait pas son plaisir quand ses longs poils noirs voletaient au vent, et que sa truffe humide frémissait jusqu'à exploser dans un éternuement de bonheur ; ce chien était aussi gentil qu'aboyeur. Papa n'avait jamais à cœur de le punir, préférant « lui laisser sa liberté d'expression » comme il disait. Ici, même le brouillard devenait un allié de senteurs changeantes et vivantes.

Au bout de plusieurs mois de recherche, et bien qu'elle y mît beaucoup d'ardeur, elle ne trouva pas un seul brin de cette paille rouge, se disant finalement qu'elle devait se trouver bien trop loin, dans un endroit secret où seules les mains d'artistes sachant tresser les tableaux en paille avaient accès. Mais elle, ne savait pas tresser la paille…

Rose n'avait plus l'âge de croire aux rêves, mais elle continuait de penser que tout était possible. Cependant, elle n'aimait plus l'hiver depuis l'année dernière…

Il faisait parfois très froid, les arbres qu'elle aimait tant autrefois étaient devenus tristes, gris, et peu rassurants. Quand elle regardait tout ce bois vidé de sa substance vitale, elle réalisait que sa sève à elle était partie il y a tout juste un an. Depuis, elle sentait la vie cohabiter avec elle, mais elle savait que l'amertume pouvait la gagner à tout moment lorsqu'elle entendait les bourrasques du vent ; alors face aux tempêtes, elle fredonnait un air gai qui finissait en sourire triste, faisait baisser les yeux et s'affaisser le cou. Quand elle passait la tête par la fenêtre ouverte de la cuisine pour contempler au loin, la neige venait la poudrer. Les flocons virevoltants gelaient le présent, et ainsi recouvertes, les laideurs se faisaient beautés. Elle se souvenait du jour de ses six ans, où elle fit connaissance pour la première fois avec cette étoile si pure, quand un flocon échoua sur sa main pour ne vivre qu'un instant et fondre à jamais comme un doux souvenir dans sa mémoire…

Les traces des pattes d'oiseaux sur la neige parvenaient encore à égayer son cœur en cette saison. Elle les aimait, ses petits visiteurs qui ne lui demandaient qu'un morceau de pain dans un piaillement sautillant, peu importe qu'elle soit vieille, décoiffée ou en robe de chambre polaire.

Elle avait cette impatience de petite fille en scrutant le ciel, pour voir le printemps revenir et ramener à la vie ce qui semblait perdu à jamais. C'était la saison de l'attente de demain. Elle aimait tant cette saison, si confortable pour elle. C'est justement au printemps qu'elle était née il y a 87 ans… Les oiseaux avaient bercé ses premiers chagrins d'enfant. Les vallons jusque-là enneigés laissaient alors place à un paysage peint de seize verts différents qu'elle s'était amusée à compter avec sa grande sœur Claudine. Les mésanges chantaient l'amour avant de préparer leur nid, et leurs chants distillaient du bonheur dans le cœur du village, qui regorgeait de fleurs roses en forme de cloches dans lesquelles se cachaient les bourdons, à la grande surprise des enfants venus cueillir ces clochettes pour faire une déclaration d'amour à leur maman.

Les premiers jaillissements en cascade glacée faisaient leur apparition. L'eau qui se fendait sur les roches dans un bruit sec et puissant ravivait l'esprit des villageois pourtant très affairés à leurs occupations. Ce bruissement annonçait la belle saison, les pique-niques composés des pains « crousti-chantants » du vieux Léon, couleur miel et cuits au four à bois. Ils étaient aussi bons que du gâteau. Et les saucissons et les fromages de brebis frais, vendus au village par Monsieur Henri : il faisait le meilleur fromage de brebis au miel de tout le Canton ! Cette saison était animée par les rires d'enfants et leurs cris aigus lorsqu'ils mettaient leurs petits pieds dans l'eau glacée, pendant que les anciens du village veillaient sur eux, assis sur une chaise de fortune inventée entre deux roches, une couverture en laine sur les genoux.

Quand venait l'été, la chaleur était domptée par l'altitude du village, situé à 1 350 m, tout près du Tremzaïgue. La maison familiale était toujours fraîche et très appréciée par Anna, la mémé de Rose, car elle souffrait de la chaleur. Rose se souvenait des baignades en famille le dimanche après-midi ; un moment de délice, surtout quand maman courait vers elle pour l'entourer d'un linge après la baignade en la réchauffant contre son cœur. C'était un souvenir glacé et tendre à la fois. Elle sentait le cœur de maman battre aussi fort que le sien, alors que maman, elle, n'avait pas mis ses pieds dans l'eau glacée. Rose se disait que leurs cœurs devaient discuter. Elle ne savait pas ce qu'ils se disaient, mais ça faisait tout chaud à l'intérieur.

Rose était née dans un cocon, comme les papillons. Papa ne vivait que pour rendre sa famille heureuse. Son amour pour maman était évident dans le village. Et s'il avait pu, il l'aurait clamé au monde entier tant il était amoureux. Il aimait jouer avec Rose et Claudine, et passait beaucoup de temps à leur « raconter la nature ». Pour cela, il les emmenait en balade de longues heures, dans les forêts, les vallées, les montagnes, pour leur montrer des endroits si beaux qu'ils donnaient le vertige. C'était papa qui avait montré à Rose « son » endroit secret. Il la savait davantage dans son monde intérieur que Claudine, et discernait que cet endroit serait particulier pour elle. Claudine, peut-être plus rationnelle, préférait la ville. Leurs différences faisaient aussi leur force : ensemble, elles étaient complètes. Leur complicité faisait plaisir à voir. Quant aux deux frères de Rose, ils ne se ressemblaient pas davantage de caractère. L'aîné avait la fougue et n'était jamais d'accord sur rien, le cadet était d'un tempérament doux et pacifique. Mais toute la famille était bien ensemble, tous aimaient se retrouver pour dîner et se raconter toutes les histoires incroyables de la journée. Parfois, papa voyait que maman était fatiguée, alors il sortait sa casquette et la déposait à côté de lui sur la table ; cela signifiait aux enfants que le silence devait régner. Il avait l'autorité des hommes doux qui parviennent à tout sans même élever la voix. Et dans ces moments qui semblaient trop longs quand on est enfant, on entendait des bruits de coups de pied chahuteurs sous la table entre les garçons.

Quand arrivait l'automne, l'eau s'écoulait de la montagne discrètement, avec un son mélancolique et tranquille. Les feuilles revêtaient leur magnifique apparat jaune-orangé, comme pour dire au revoir dans leurs habits royaux que le vent transformait en pluie d'or dans un souffle berceur. Elles étaient si belles…, c'est dans un tournis qu'elles avaient pris vie et se déployaient pour accueillir la fine pluie. Elles étaient belles quand elles grandissaient, luisantes, fières et pleines de santé, expirant à leur tour la vie. Elles étaient belles, quand elles annonçaient modestement un octobre désireux de nous border. Elles étaient belles quand, détachées de leur nourrice, elles tournoyaient, jouaient et se posaient sur leur dernier divan. Elles étaient si belles, quand sous les pieds d'enfants, elles craquelaient pour entendre leurs rires, et que, dans un dernier élan, elles se recroquevillaient pour laisser passer cette douce lumière à travers un grain ajouré, telle une œuvre orientale sculptée qu'elles auraient pu sans doute inspirer.

Les lièvres et les oiseaux se faisaient discrets, écartés par les allées et venues des promeneurs, à la recherche de l'amusante marmotte, qui, curieuse, sortait sa petite tête du sol, quand elle se croyait seule, tôt le matin.

Rose se souvenait de la soupe « aux yeux » que sa mémé faisait mijoter lentement sur le vieux poêle en fonte ; elle souriait en repensant à cette soupe qui les régalait, elle, Claudine, et ses frères. Elle se rappelait qu'un jour elle avait demandé à sa grand-mère pourquoi on appelait ça une soupe aux yeux, et qu'elle lui avait raconté en riant que c'était parce qu'un renard curieux était venu goûter sa soupe, qu'en se penchant pour humer la bonne odeur il y avait perdu un œil, et que c'est pour essayer de le retrouver qu'on touille la soupe. Rose n'avait jamais cru à cette histoire, mais elle aimait l'entendre, encore et encore, car elle mettait mémé dans un état de joie qui lui faisait pétiller son regard bleu transparent comme une enfant. À cet instant, il n'y avait plus de différence d'âge : à sept ans Rose voyait que la joie n'était pas comme le visage de mémé, froissé par le temps. Non, la joie se dessinait sur ce même visage et le rendait lumineux, surtout quand elle riait, mais aussi quand elle ne riait pas. La joie avait trouvé un endroit secret dans le cœur de mémé, un endroit qu'elle n'avait jamais révélé à personne pour qu'on ne la lui prenne pas, et que cette joie ne vieillisse pas.

Quatre-vingt ans plus tard, elle se sentait à son tour comme une fillette enfermée dans un corps abîmé par les épreuves des années. Elle avait gardé une belle allure. Souvent, on lui demandait comment elle faisait pour faire moins que son âge ; elle aimait en sourire et dire qu'elle avait deux secrets. À ces mots, elle voyait que certains arrêtaient de respirer pour mieux entendre ces fameux « secrets ». Cela l'amusait car que peut-on espérer comme secret venant d'une vieille dame de 87 ans ? Qu'importe, elle jouait le jeu et disait que son premier secret était de se nettoyer le visage le matin et le soir avec de l'eau de rose, comme le faisaient sa mère et sa grand-mère avant elle. Elle aimait cette odeur, et elle était convaincue que c'était le bien-être que cela lui procurait qui faisait que sa peau lui rendait bien. Puis elle riait, et, tout doucement, elle chuchotait et parlait si bas que les gens approchaient l'oreille de ses lèvres. Elle aimait ce moment, elle se sentait comblée par cette intimité, aussi brève fut-elle. Cela était devenu si rare avec les années, qu'un instant lui suffisait pour nourrir son aura affective qui en avait tant besoin pour survivre. Ensuite elle lâchait dans un sourire tendre son plus grand secret... « Je ne me suis jamais imaginée vieille ! ». Elle regardait les réactions : certains étaient déçus, d'autres dans la réflexion, d'autres encore amusés. Mais les épaules tombantes de Rose trahissaient la vie qui s'en allait, malgré tout.

Elle aimait tous ces souvenirs qui lui revenaient le soir quand elle fermait les yeux avant de s'endormir. Ses pensées, c'était l'univers qu'elle préférait. Elle aimait ces moments privilégiés bien à elle, jusqu'à ce qu'elles deviennent vaporeuses, et lui échappent au profit d'un sommeil paisible. Ah, le repos après une vie si remplie, c'était agréable… !

Chapitre 2

Un bourdonnement d'hélicoptère ramena Yann à la réalité, il ouvrit les yeux d'un coup, son cœur était dans un état d'urgence qu'il connaissait trop. Il se figea un instant, regarda à droite et se leva. Son pas pressé attira l'attention d'une femme d'une trentaine d'années dont quelques longues mèches rousses glissaient de son bonnet vert à pompon. Instinctivement, elle sortit son téléphone portable, et prit discrètement cet homme pressé en photo, ainsi que deux hommes qui le regardaient fixement en buvant leur café sans échanger le moindre mot.

Arrivé aux sanitaires, il retira ses lunettes, se regarda un instant dans le miroir et constata que ses yeux verts étaient cernés d'une ombre. Ses lèvres épaisses se figèrent un instant, il ressentit un soulagement en passant de l'eau sur son visage. Il attrapa trois serviettes à main pour s'essuyer. Il pinça son nez bien dessiné comme pour reprendre ses esprits, et, en se regardant de nouveau dans le miroir, il se dit qu'il devait agir rapidement.

Ici, personne ne le connaissait. Il devait continuer à passer inaperçu et à simuler un comportement normal. C'était difficile, mais ce n'était pas ce qu'il avait eu à faire de plus compliqué dans sa vie. Ce jour-là, il le revivait chaque soir avant de s'endormir. Il avait tellement de mal à s'endormir. Ses pensées troublantes le tenaient prisonnier de l'état de veille.

Une fois calmé, il ressortit en terrasse, et s'assit face à la piste, pour ne croiser le regard de personne. Des bambins accompagnés de leurs parents, emmitouflés dans des combinaisons voyantes trop grandes pour eux, descendaient tranquillement la piste baby sur leurs skis avec une aisance naïve. Yann souriait en voyant l'inquiétude des mamans facilement visibles de loin derrière leurs lunettes, en se disant que, si proches du sol, il ne pouvait pas leur arriver grand-chose. Il avait appris à gérer l'inquiétude, à désamorcer l'anxiété quand elle voulait prendre la main sur sa vie. Dans ces moments-là, il se concentrait sur sa respiration tout en pensant à un souvenir agréable. Pour lui, penser à un moment agréable n'était pas difficile, il lui suffisait de penser à sa Clara, imaginer son regard aimant, son visage doux, sa paix dessinée dans un sourire ; cela lui apportait toute la quiétude dont il était capable.

La jeune femme rousse le regardait fixement, sa curiosité la dévorait. Pourquoi ressentait-elle quelque chose d'étrange lorsqu'elle regardait cet homme ? Cette sensation lui faisait penser à la crainte agréable que l'on éprouve, enfant, face à un animal sauvage enfermé dans un zoo… Elle savait que quelque chose se passait devant ses yeux, mais elle ne savait pas quoi.

Yann régla sa consommation, et rejoignit rapidement sa chambre d'hôtel.

De sa chambre, il avait une vue sur la terrasse et les montagnes. Il aimait contempler cette étendue tôt le matin, quand le soleil se levait et nuançait de rose les montagnes au loin. Regarder par la fenêtre… C'était un réflexe qu'il avait acquis avec le temps. Il détestait ce réflexe, il essayait de s'en défaire, c'est pourquoi il se détachait de la réalité en admirant ce qu'il pouvait y avoir de beau devant lui à chaque instant. Mais cet instinct de survie était bien plus fort que lui.

Il avait commandé un plateau repas, ce soir il allait se contenter d'une bière, quelques cacahuètes et d'un sandwich au fromage. Il devait se lever tôt le lendemain matin pour prendre la route. À la météo, ils avaient annoncé une tempête de neige, mais il espérait que la route serait déblayée.

Il alluma la télé, une émission avec des experts en survie passait. Il ne put s'empêcher d'avoir un rire nerveux, se disant que cela le poursuivait. Il choisit de regarder une autre émission sur les îles polynésiennes, car les paysages étaient beaux, et cela lui faisait penser à ses vacances avec Clara, il y a trois ans. En lune de miel, ils avaient arrêté leur choix sur le sud de la France pour passer quelques jours sur l'île des Embiez où tout est si paisible. Le rythme de l'île était ponctué par quelques allées et venues des voitures électriques, qui rappellent que la civilisation est voisine, mais calme. Des endroits plus reculés offraient un paysage typique semé de cactus, de pins, et de vieilles branches sèches. Au sommet de la petite colline d'où l'on apercevait une croix blanche au loin, deux chèvres bravaient le vent pour venir réclamer des biscuits à Clara. D'abord surprise, elle fit un pas en arrière qui manqua de la faire trébucher, puis elle partagea volontiers son dernier biscuit dans un fou-rire avec Yann, face à cette mer si insondable de là-haut. Les vagues puissantes se transformaient en mille éclats sur les rochers dans un bruit de tonnerre rauque, et terminaient leur course en frisant sur le sable de l'autre côté des rochers, dans une douce expiration. Ce contraste était aussi net que la dissemblance de leurs caractères à tous les deux.

Clara aimait la mer, et sur cette île, elle se sentait chez elle. Sa personnalité rayonnait, elle avait trouvé le bonheur réel, celui qui ne se crée pas et qui touche de ses rayons les personnes qui l'entourent. Elle était généreuse et drôle. Ses petites fossettes lui donnaient un charme singulier. Yann était fou d'elle depuis toujours. Ils se connaissaient depuis l'école primaire, et déjà à l'époque il aimait sa façon de s'attacher ses cheveux blonds en queue de cheval défaite, ses petits genoux cagneux, ses gestes orientés vers les autres, sa taille fine et ses pieds toujours prêts à se déchausser pour ressentir le sol, où qu'elle se trouve. Elle aimait le mot bulle, le mot ange, mais détestait le mot crème ou le mot yaourt. Le mot ognon n'avait guère sa préférence, qu'il s'écrive avec un i ou pas.

Elle aimait le goût du sel sur ses lèvres quand elle revenait de la plage, elle riait devant la chapardise des écureuils, elle se régalait des crêpes à la confiture de clémentine, et se laissait émouvoir aux larmes devant une œuvre de Degas, comprenant l'histoire, la souffrance décrite dans une sculpture telle une photo émotionnelle dont la pureté n'était souvent pas perçue au premier coup d'œil. Son paysage intérieur était beau, confiant.

Yann l'admirait d'autant plus que derrière sa fragilité, elle avait un véritable pouvoir sur lui, elle l'apaisait. Lui, il avait un esprit différenciateur. Cela assombrissait son humeur, cependant il voyait immédiatement ce qui pouvait être amélioré. Cela était natif chez lui, il était né comme ça. Clara lui répétait qu'il s'agissait là d'une grande qualité à condition de ne pas se laisser envahir par elle, car voir ce qui pouvait être amélioré l'empêchait souvent d'admirer la beauté d'une œuvre en cours. Cela le rendait ingénieux, vif d'esprit. Son cerveau n'était pas un labyrinthe comme pour la plupart des gens, passant du temps à analyser les solutions. Son cerveau à lui était une ligne droite qui allait droit au but, s'épargnant les détails. Il aurait pu devenir froid face aux émotions qui l'entouraient, si

Clara ne lui avait offert les clefs de l'équilibre. Avec elle, il se sentait plus humain, plus reconnaissant, plus calme. Il avait appris à aimer le silence, à accepter de regarder le temps passer sans essayer d'agir sur lui, à prendre de la hauteur. Comme elle lui manquait... Ces derniers mois tout lui semblait plus étroit, or, le bonheur a besoin d'espace. Clara lui avait appris que lorsque la peine et le bonheur sont ensemble, ils donnent naissance à l'espoir et à la nostalgie qui, contre toute attente, créent nos plus beaux souvenirs...

Chapitre 3

À son réveil, Rose tenait une faim de louve. C'était devenu si rare de ressentir la faim à son âge, qu'elle s'en étonna. Mais son étonnement laissa place à un véritable festin : elle avait une excellente recette d'œufs au curry qu'elle tenait de sa mère, et en les cuisinant ce matin-là, elle pensa à elle. Déguster ses œufs était une manière d'empêcher que sa mère meurt vraiment. Elle savait que c'était une idée idiote, mais c'était la sienne, et elle y tenait.

Elle plongeait sa fourchette dans un geste gourmand quand le téléphone interrompit ce moment de grâce. Elle avait appris avec le temps que les discussions au téléphone étaient souvent stériles, que rien ne valait un véritable tête-à-tête qui laissait sa place au sentiment, à la compréhension de l'autre, au véritable échange. Au téléphone, elle ne pouvait pas montrer sa compréhension dans un regard, rassurer par un sourire, et ça lui manquait. Elle aimait vraiment les gens, mais au fil du temps, les gens ne savaient plus être aimés ; c'est ça qui l'éteignait, pas les années.

Elle avait tant aimé son Richard, car lui seul comprenait son aura affective. Il était passionné par cet être qui aimait intensément et était le seul à pouvoir porter cet amour dans lequel beaucoup se seraient consumés. Il aimait être l'asile de cette femme qui avait trop d'espace autour d'elle, tout en se sentant à l'étroit dans son propre corps. Alors que beaucoup auraient passé leur vie à expliquer cette contradiction, lui avait choisi de s'en distraire. Il lui offrit son écrin, cette sensation d'être dans un univers parfait le jour où il lui fit connaître Tchaïkovski et son concerto pour violon en ré majeur opus 35 allegro…

Il avait cette rugosité de caractère qui était bien assortie à la callosité de ses mains qui ne savaient pas rester à rien faire. Il était fin bricoleur, il savait tout faire. Réparer la voiture était un jeu d'enfant pour lui, il avait vu son père faire ça mille fois dans son petit garage de centre village. Enfant, il était curieux. Sa mère amusée, l'appelait « la gerbille » tant ses petits yeux noirs futés semblaient rire du monde. Il aimait fabriquer des cabanes dans les arbres, en empruntant les outils à papa, qui, s'il l'avait appris, aurait été furieux ! Il se réfugiait dans ses petites cabanes pour fabriquer des choses pour lui ou ses copains.

C'est ainsi qu'il avait fabriqué cinq planches à roulettes pour jouer sur la grand-rue qui descendait au centre village. Ils s'étaient tous égratignés les coudes et les genoux, mais avec ces petites planches, ils s'amusaient comme des fous !

En grandissant il ne voyait que Rose… Il aimait sa robe mauve à carreaux qui avait la fluidité des voiles de bateau par jour de vent. Il savait qu'elle deviendrait un jour sa femme. Il profita d'une fête de village pour l'inviter à danser. Elle refusa par timidité. Ses joues rosissantes avaient fait prendre confiance à Richard qui l'invita alors à venir avec lui à la buvette, prétextant qu'il avait faim, et il en profita pour lui offrir une pâtisserie, car elle lui semblait pâle. Elle sentait ses joues en feu, et comprit que Richard faisait mine de ne pas le voir. Un jeune homme attentif à cela était sûrement quelqu'un de bien. Elle accepta de suivre ce jeune homme de taille moyenne, brun, vêtu d'un veston marron assorti à sa casquette. Il lui prit délicatement la main, jusqu'à la buvette que tenait « La Jeannine » comme on l'appelait.

Ils discutèrent au son de l'accordéon qui rassemblait les danseurs de fortune en habits du dimanche parfois très usés, et aux sabots de bois qui frappaient le sol de la place de la Mairie, ornée de guirlandes de papier de toutes les couleurs pour l'occasion. Richard n'avait pas envie de se séparer de Rose. Stratège, il se dit qu'après un goûter sucré, elle devait sûrement avoir soif, et il lui proposa un jus de fruit pour faire durer ce moment. Elle accepta sans se laisser duper par ce visage sublimé par cet instant abstrait qui semblait être un cousin lointain de la réalité. Ce fut ce jour-là où ils savaient l'un et l'autre qu'ils ne se sépareraient plus jamais. Ils se marièrent l'année suivante, dans une cérémonie simple, entourés de leurs familles et des gens du village…

Les rayons du soleil applaudissaient en force cet été brûlant. Le souffle de l'air léger faisait à peine bouger les cheveux châtains de Rose qui étaient relevés en cascade rafraîchissante et dans lesquels étaient piquées quelques marguerites du jardin. Son regard bleu brillant se faufilait pour ne pas arrêter cette journée, pendant que les regards des villageois usaient l'étole de soie blanche qui l'enveloppait jalousement, telle une nourrice bienveillante. Ses lèvres s'étendaient comme une toile entre deux arbres, laissant entrevoir l'ivoire blanc de ses dents qui annonçait sa lumière. Le banquet était rempli de croquettes de choux-fleur, choix qui lui valu d'être appelée des années plus tard « la mariée de l'été des croquettes », ou simplement « croquette » par ses amies.

Se recentrant sur le présent, Rose se leva pour aller décrocher le téléphone qui sonnait.

« Bonjour Madame Rose, Commissaire Lagrost à l'appareil. »

Depuis la disparition de son Richard un jour de forte tempête il y a un an, elle redoutait qu'on ne lui apprenne que son corps ait été retrouvé. Elle préférait s'imaginer qu'il était vivant, même si cet espoir défiait la raison et tenait davantage à la crédulité qu'à un esprit réaliste. Mais cette fois-ci, elle tressaillit aux quelques mots de l'inspecteur. L'inspecteur continua dans un ton précipité et neutre :

« Je vous appelle pour vous prévenir que, sans aucun indice depuis un an, nous sommes contraints d'abandonner les recherches, car d'autres affaires urgentes sont à traiter. Bonne journée, et mes condoléances ».

Ces derniers mots glacèrent le cœur usé de Rose… Elle se mit à retenir son souffle comme si cela pouvait prolonger celui de son Richard un peu plus longtemps… Elle ferma les yeux et prit une longue inspiration pour ressentir très fort la vie qu'il avait cherché à défendre avec humilité en exerçant jadis un métier qui l'obligeait à voyager en avion, sans qu'elle n'ait jamais pu l'accompagner tant elle était faite pour la terre. Elle aimait son regard quand il lui disait tendrement qu'il était heureux de ne pas avoir eu d'enfant, car il pouvait l'aimer encore plus fort et sans partage. Elle savait que c'était faux, car il adorait les enfants et montrait souvent aux gamins du village comment réparer leurs jouets plutôt que de les jeter. Il avait d'ailleurs fait naître des vocations, et certains d'entre eux étaient devenus architectes, garagistes, médecins et d'autres encore menuisiers. Mais Rose n'avait jamais pu avoir d'enfant, c'était comme ça. Alors, ils avaient décidé ensemble de ne pas en être tristes et de mobiliser tout cet amour en attente dans leur cœur pour leur enfant qui ne naîtrait jamais, pour aimer encore plus fort. Pour eux, l'amour était un cadeau précieux qu'ils voulaient placer dans le cœur des autres – souvent à leur insu – comme on place de l'argent à la banque ; ça les rendait un peu plus heureux. C'était la seule immodestie qu'ils s'autorisaient tous les deux.

Elle caressa la larme chaude qui lui chatouillait la joue, et décida de vivre une journée extraordinaire, simplement une journée ordinaire que Richard aurait savourée. Pour lui, la vie avait un goût de sorbet au cassis, de bon vin au coin du feu avec la main de Rose caressant son visage soucieux, c'était un jeu d'échec en bois d'olivier vernis, c'était une balade dans les montagnes en guettant avec délice le bêlement des moutons au loin, apprécier le son des clarines, c'était un ruisseau qui longe la forêt épaisse, un bouquet de thym sur la table de nuit de Rose, c'était un baiser de velours avant de s'endormir…

Elle refusait de baisser les bras. Elle fit fondre la glace de son cœur qui aurait pu l'engloutir, fit le choix d'espérer, et de rester en vie pour le retour de son mari bien-aimé. Ces douze derniers mois avaient été éprouvants, mais tous les matins elle mettait son baume à lèvres préféré, celui qui sent bon la cerise qu'aimait tant Richard. Quand elle le faisait glisser sur ses lèvres, elle se sentait vivante.

Et ce matin, après cet appel, elle décida d'en mettre deux couches. Ce fut sa façon de bannir cette nouvelle, tout en échafaudant dans le même temps une idée derrière la tête…

Chapitre 4

Cette nuit-là, Yann avait fait des rêves intrigants : il avait rêvé d'un serpent blanc qui voulait l'attaquer, puis avait rêvé qu'il empruntait une voiture pour rouler très vite, et qu'une fois arrivé en haut d'une falaise, il apercevait un morceau de tissu rouge flotter dans la mer… Yann secoua la tête et fila sous la douche, avec ses vêtements sous le bras.

Pendant ce temps, une jeune stagiaire du service nettoyage frappa à sa porte, mais le bruit de la douche fit qu'il n'entendit rien. La stagiaire rentra dans sa chambre pour changer les draps. Son MP3 sur les oreilles et absorbée dans sa musique électro, elle ne fit pas attention que la chambre était encore occupée. Elle changea les draps, s'attarda un instant sur une image de sculpture de glace déposée sur la table de chevet et s'en alla, laissant la porte ouverte.

La jeune femme aux cheveux roux passait dans le couloir à ce moment-là. La veille au soir, elle avait suivi Yann à son insu pour savoir où cet homme aux attitudes étranges passait la nuit. Elle regarda d'un côté et de l'autre du couloir, et se dirigea vers la chambre 20…

« Oh bonjour Catherine, comment allez-vous ce matin ? » lui adressa le Directeur de l'hôtel en la croisant par hasard dans le couloir. Il aimait créer une ambiance familiale dans son hôtel, et mettait un point d'honneur à appeler chaque client par son prénom.

Elle prit alors une mine radieuse et lui répondit « Très bien, je vous remercie », tout en dissimulant son visage derrière sa frange, alors qu'elle avait été à deux doigts de se faire surprendre. D'un geste élégant elle ramena ses cheveux en arrière, tout en lui demandant :

« Dites-moi, vous connaissez le nom du résident de la chambre 20 ? »

Peu dupe, le Directeur lui répondit « Oui » avant de disparaître pour rattraper un client qui se préparait pour son départ, « alors Jean-Jacques, pas trop triste de nous quitter ? »

La jeune stagiaire revint sur ses pas, referma la porte de la chambre de Yann en faisant claquer une bulle avec son chewing-gum.

En sortant de la douche, Yann vit que son lit était refait. Son souffle s'arrêta, il regarda tout autour de lui, et fut pris d'un vertige. Il tituba mais fit un effort pour rester debout, prêt à… À quoi…?, il ne le savait pas vraiment, mais il savait qu'il devait se rendre à Barcelone, où allait se dérouler le congrès de la FAJ prévu le lendemain. C'était sa seule chance. Son contact devait venir le chercher le lendemain à l'Hôtel de la Marina à 14 heures. Manquer ce rendez-vous c'était perdre davantage que sa propre vie.

Il s'habilla d'un pull à col montant noir et d'un jean, prit sa veste en cuir noir fourrée de style aviateur, et sortit de sa chambre, déterminé à achever ce qu'il avait commencé, à la demande mystérieuse de Clara, lorsqu'elle lui avait laissé un dernier mot sur lequel était écrit :

« Mon amour,

Je dois partir quelque temps. Tu sais combien c'est important. Je te demande pardon. Souviens-toi, je sais que cette statue de navigateur t'a marqué. Il paraît que sans conscience, ce n'est que ruine de l'âme. Il te dira… akaml@gmail.com. Et ce n'est pas cet homme en

Cette statue dont parlait Clara était la statue de Christophe Colomb sur la place Portal de la Pau à Barcelone. Elle l'avait effectivement beaucoup marqué, notamment grâce à son ascenseur étroit qui menait à une vue splendide du port, auquel était accosté la copie à l'identique du Santa Maria, bateau mythique qui permit à Christophe Colomb de traverser l'Atlantique avant de faire naufrage en décembre 1492.

La fin de son message faisait résonance avec une phrase d'une lettre de Gargantua à son fils Pantagruel, dans une œuvre de Rabelais : « science sans conscience n'est que ruine de l'âme ».

Il en déduisit que la science devait s'inviter à Barcelone, et que là-bas, il serait contacté. Il y avait bien cette adresse mail qu'il ne connaissait pas, et l'homme d'affaires en couverture du magazine Industrie et pouvoir de ce mois-ci était Monsieur Cursan. Ce trésor dont il était question dans la lettre se trouvait dans le tiroir où Clara cachait jalousement son chocolat à la menthe. C'était une clé USB, un boîtier noir étrange, une petite boite avec deux électrodes. Il n'avait que ces maigres indices depuis des mois, et il guettait tout ce qui pourrait correspondre à ces indications... Maintenant il savait...

Chapitre 5

En allant à sa boîte aux lettres, elle vit qu'elle avait reçu deux lettres. Elle ouvrit la première enveloppe qui contenait une lettre du laboratoire d'analyses du village voisin. Le résultat de ses examens n'était pas bon. C'est fou comme une maladie mortelle peut paraître aussi inoffensive tant elle se laisse oublier de la sorte. Mais elle se disait qu'à son âge, ce n'était pas ça qui allait lui faire perdre confiance en la vie. Elle avait toujours eu cette inépuisable bonne humeur, voyant l'agréable là où personne ne le voyait. Un jour, après avoir lu une jolie phrase dans un livre de l'écrivain Richard Bohringer qui s'appelait « C'est beau une ville la nuit », dont elle ne se souvenait plus exactement des mots bien qu'elle les ait appris par cœur, cette phrase lui revenait tel un refrain délicieusement harmonieux ces dernières semaines ' la douleur est une larme qui court le long des nerfs et qui finit par noyer le cœur '. Elle avait essayé de s'en représenter les sensations, car elles devaient être très puissantes pour inspirer de si jolis mots… Mais rien à faire. Depuis toute petite, elle ressentait perpétuellement comme des petites bulles de Champagne le long de ses nerfs à elle, et elles ne noyaient rien du tout sinon la peine des autres… Elle savait qu'elle ne serait jamais poète, car elle était bien trop ennuyeuse pour la mélancolie. Sa mission était plutôt de rendre l'univers des autres un peu meilleur, même si ce n'était qu'une seconde… Une seconde de joie, c'est finalement beaucoup sur une vie ; en tout cas, c'était une victoire pour elle, sa victoire !

Elle aimait quand son Richard lui tenait la main, en lui disant qu'il était heureux près d'elle. Prévenant, il lui offrait volontiers un bras stable pour la rassurer lors de leurs sorties en ville. Dès lors, elle pouvait garder sa prestance et continuer à sourire quand elle était prise d'un sérieux vertige.

Un diamant ne brille pas sans le soleil : le diamant c'était lui, fort, brillant, puissant même. Le soleil c'était elle, lumineuse, vivante, débordante de chaleur. En symbiose, ils étaient sublimés l'un par l'autre. Était-ce cela l'alchimie prévue depuis l'aube de l'humanité… autrement pourquoi être deux ? Lui, il n'avait peur de rien, enfin si… de la perdre, elle. Elle, elle avait peur de tout, sauf quand il était là, alors elle s'oubliait complètement.

Elle regarda la deuxième enveloppe, blanche, légère, sur laquelle son prénom était écrit d'une écriture fragile. L'observer la replongea une trentaine d'années en arrière… Elle se souvint de cette autre enveloppe qu'elle avait reçue, qui était suffisamment insignifiante pour ne pas en connaître la provenance. Elle l'avait regardée un long moment… Et si c'était une bonne nouvelle ? De quelle émotion son contenu allait-il la nourrir ? Si c'était une amie, elle lui dirait des mots gentils, qu'elle devinait déjà. Si c'était une lettre écrite de la main de son père et de sa mère, ils lui diraient qu'ils l'aiment, elle le devinait. Et si c'était quelqu'un qu'elle aime, le lui dirait-il ? Oui, elle le devinait aussi. Alors pourquoi ouvrir cette enveloppe ? Puisque le temps n'a pas de prise sur l'amour, pouvait-elle juste la garder, comme un trésor ? Finalement, elle avait décidé de la garder dans une boite en métal, avec ses autres trésors.

Mais cette fois-ci, elle ouvrit cette enveloppe qu'elle avait juste reçue : c'était Claudine ! Quel bonheur de recevoir de ses nouvelles ! Elle allait bien ; elle s'était inscrite dans une association en ville pour faire reconnaître la qualité du miel de bourdon. Mais pour y parvenir, l'association à laquelle sa chère sœur appartenait devait collaborer avec des apiculteurs de métier afin, ensemble, de trouver une solution au défi que les bourdons lui posaient : accepter de passer l'hiver avec leur colonie et de faire des réserves de miel pour cette occasion. Convaincre un bourdon d'aller contre sa nature ne faisait pas peur à Claudine. Le projet démarrait d'une manière un peu bancale, mais Rose reconnaissait bien là sa sœur, pleine de projets, pleine de vie et fourmillant d'idées toujours plus folles les unes que les autres.

Claudine terminait sa lettre en lui disant qu'elle viendrait la voir au printemps, ce qui réjouit beaucoup Rose. Elle replia la missive soigneusement, la posa contre son cœur, et la rangea dans sa boite à trésors. C'est alors qu'elle regarda l'enveloppe reçue il y a trente ans… et la prit entre ses mains. Le temps était passé, sa vue avait baissé et elle voulait remercier l'auteur de cette lettre qu'elle n'avait jamais lue, juste pour lui dire que, grâce à lui, elle s'était sentie aimée toute sa vie. Elle se prépara un thé vert avec un nuage de citron, et s'installa dans son canapé marron dont le cuir vieilli s'était adouci. Elle ouvrit précautionneusement cette précieuse enveloppe jaunie, but une gorgée de son thé, et lut les quelques mots écris d'une écriture élégante. Un sourire éclaira son visage… Elle leva ses yeux bleus vers le ciel ; elle ressentait de la reconnaissance. Depuis toujours, elle avait toujours cru à l'être humain, au bon qu'il y a en lui. Elle relut amusée ces quelques mots : « merci de ne plus vous garer sur le bas-côté de votre propriété, le camion poubelle a du mal à passer ». Elle replia sa « précieuse lettre », et la replaça dans sa boite en métal, car elle y avait sa place, faisait partie de son histoire. Elle s'amusait, car elle s'imaginait l'interrogation des personnes qui allaient découvrir cette boite une fois qu'elle ne serait plus de ce monde, et quand ils liraient cette lettre, ils se demanderaient 'mais pourquoi l'a-t-elle conservée' ? Laisser un mystère derrière elle la séduisait beaucoup.

Ce matin, tout était plus beau que d'habitude, il était difficile de croire à la tempête annoncée à la radio. Elle ressentait un calme intérieur. Elle avait passé chaque jour de sa vie à grandir en amour. Elle était en soi une singularité, malgré son âge. Elle se comportait souvent comme une enfant, tout en étant en pleine possession d'elle-même. Elle disait souvent que la créativité était le poumon du bonheur. Était-ce si insensé de croire que la vie ne pouvait que lui sourire même dans les difficultés ?

Elle avait enfilé une robe vieux rose, et une veste épaisse assortie, considérant que le bleu ne lui allait pas. Le moment qu'elle appréhendait le matin, devant sa belle armoire en bois de noyer vernis, était le moment de mettre ses bas de contention. Elle ne les aimait pas ses bas ! Ils étaient dur à enfiler, et surtout, ils étaient moches.

Elle ne connaissait pas de pire tue-l'amour, tue-l'égo, tue-la dignité. Elle commençait à comprendre la fameuse phrase de Monsieur le Maire quand il avait eu un sourire en coin au moment de son mariage avec son Richard il y a 64 ans : "pour le meilleur et pour le pire"… Le pire, elle y était maintenant : c'était d'avoir 87 ans, et de porter des bas de contention avec l'espoir de voir revenir son grand amour, tout en essayant d'avoir l'air gracieuse. Elle rit en se disant qu'il allait lui falloir un peu plus qu'un baume à lèvres à la cerise le jour des retrouvailles.

Elle commença à imaginer tout un tas de stratagèmes… Retirer toutes les ampoules de la maison… Porter des robes extra-longues…

Oui, mais sa pointure 39 dépasserait forcément de sa robe et là... surprise ! Des doigts de pied « contentionnés » comme elle disait !!! Partir en vacances dans un pays où les bas de contention règnent en princes, un endroit merveilleux où ils sont à eux seuls le critère de beauté de toute femme qui se respecte !!! ... Cet endroit existe, il s'appelle maison de retraite... Malgré ses 87 ans, si là-bas on l'entendait se moquer de ses bas de contention, on la mettrait dehors... à coup de bas de contention... Elle riait aux éclats rien qu'en y pensant !

Elle décida de prendre le bon côté des choses et d'assumer ces merveilles avec une jolie robe, mais pas bleue !

Elle était attachée à découvrir ce qui était arrivé à son Richard. Elle descendit donc en ville au volant de son 4X4 aux couleurs vieillies et alla voir Nathalie, la coiffeuse du coin qui était très renseignée sur la vie du village. Elle voulait lui demander vers qui se tourner pour obtenir des renseignements. La coiffeuse lui indiqua quelques noms, adresses, mails, entre deux coups de ciseaux. Elle était si fascinée par l'entêtement d'une vieille dame à vouloir retrouver son mari disparu, qu'elle se laissa distraire et rata les mèches bicolores sur la tête de sa cliente en lui appliquant la même couleur sur tout le côté gauche. Lorsqu'elle s'en plaignit, notre coiffeuse échangea un regard complice avec Rose et lui répondit d'un ton catégorique que c'était une nouvelle technique en provenance des États-Unis, visant à faire plus naturel et plus jeune ! Riant de la situation, Rose pouffa en s'échappant du Salon à pas de velours.

Elle en profita pour aller dire bonjour à son amie d'enfance Laura, qui ne s'était jamais mariée faute d'avoir trouvé chaussure à son pied. Pourtant elle était belle Laura ; elle ressemblait à une reine avec sa façon de boire le thé dans des tasses en porcelaine fine de Limoges « de France », comme elle se plaisait à dire. Elle n'avait jamais été malheureuse, elle aimait la vie, les surprises, ses chats et les gâteaux à la cannelle qu'elle partageait avec Rose autour d'une infusion aux plantes, trésor dont elle seule avait le secret, datant de sa cueillette de l'été dernier dans les montagnes. Cette infusion était son élixir de jeunesse. Quand on voyait sa peau à peine marquée, on pouvait imaginer que brevetée, cette infusion aurait pu la rendre riche. Mais elle n'avait jamais voulu devenir riche, cette idée l'effrayait. Elle aimait tellement une vie simple que le temps et la modernité avaient bien compliqué finalement. Elle, elle préférait l'époque où elle s'en allait à la ville à cheval avec une charrette, pour vendre ses poulets, et, avec l'argent des poulets, acheter la miche de pain, les légumes et le fromage de la semaine. Elle était petite à cette époque, mais elle avait tellement aimé ce temps, qu'elle s'était un jour demandée vers quelle direction elle se dirigerait si elle naissait au milieu de sa vie…

Leurs conversations étaient agréables, embellies par une savoureuse odeur de fleurs sauvages qui émanait de tasses si fines qu'on aurait pu les briser en un coup de dent, même fausses… Blanches et écrues, elles étaient rehaussées par de grosses pivoines rose pâle, et de l'or avait été appliqué avec une grande précision sur leur contour.

Rose et Laura se racontaient leur jeunesse, leurs espoirs, et riaient d'un rire trop souvent avorté dans un soupir immédiatement balayé par un geste de la main. Elles ne se rappelaient plus depuis quand elles avaient arrêté de rire à gorge déployée en se balançant en arrière. Toutes deux s'accordèrent à remettre cela au goût du jour, car maintenant tout les ramenait vers l'avant, vers ce sol si pressé de les engloutir.

Leur occupation favorite était de réinventer le monde, et à elles deux, elles bouillonnaient d'idées. L'ennui était un mot interdit dans leurs conversations. Comme certains projettent des vacances ou bien dressent une liste de courses, Rose et Laura listèrent des choses à faire dans l'année :

1 – faire le tour des magasins de Paris ou Londres pour tester toutes les balances et ensuite aller manger une glace aux mirabelles.

2 – se mettre à un feu rouge et demander aux gens dans quelle direction ils vont, pour faire des statistiques sur les humains qui confondent leur gauche et leur droite.

3 – se déplacer en courant toute la journée, juste pour se rappeler ce que ça fait d'avoir 7 ans et de ne pas être fatiguées. Si courir devait s'avérer trop fatiguant, s'asseoir sur un banc public toute la journée ferait l'affaire !

4 – se nettoyer les oreilles jusqu'à ce qu'elles n'aient plus rien à se dire…, à quoi Laura ajouta au crayon de bois : 'prévoir des

crackers et de la citronnade, car cela va prendre du temps'.

5 – tenter de lever le doute sur la conjecture que porter un dentier rend agressif.

6 – faire des coussins remplis de baumes à lèvres usagés, car c'est bon pour l'écologie.

7 – faire un concours de bulles, Rose griffonna pour préciser « avec un engin à bulle dans lequel on souffle… » dans le jardin, en se racontant les dernières trouvailles en développement personnel (mais ça porte un nom ça ??).

8 – compter le nombre de fois où elles ont dit le mot 'asticot' dans toute leur vie.

9 – compter à combien d'occasions elles auraient dû le dire.

10 – essayer de deviner l'ingrédient secret du bon goût des galettes Saint-Michel.

À chaque fois qu'elles se revoyaient, elles trépignaient du peu d'énergie qu'elles possédaient encore. C'était leur façon de s'offrir l'une à l'autre ce qu'elles avaient de plus précieux ce jour-là.

Chapitre 6

« Il ne doit pas nous échapper. Il va certainement essayer de se présenter au congrès demain. Mettez vos meilleurs hommes sur le coup, peu importe ce que ça m'en coûtera, vous m'entendez ? Fouillez tous les hôtels de Barcelone s'il le faut, mais trouvez-le ! »

Le ton sec qu'il imposait d'une voix forte ne laissait place à aucune contestation. Vêtu d'un costume marron trop large qui laissait deviner un corps maigre et tendu, il passait sa main sur son front large, caressant doucement ses cheveux frisés épars qui tentaient eux aussi de le fuir et laissaient apparaître une légère calvitie. Il laissa retomber sa main, saisi son mug de café : ses doigts se crispaient, sa respiration était contrariée et ses yeux creusés montraient que la nuit avait été courte. Cet homme était le plus influent dans son domaine. Il était connu pour être impitoyable en affaires, et sa vie n'avait tourné qu'autour du mot stratégie. Il ne reculait jamais, et face à la défaite il faisait preuve d'une ténacité dont peu de gens sont capables, faisant de l'état de surprise sa meilleure alliée.

Il suffisait de prononcer son nom « Monsieur Cursan » pour que tout le 49ᵉ étage cesse de parler. Il avait le don de glacer une atmosphère, d'ailleurs, il aimait imposer ce malaise ; il se trouvait alors dans sa zone de confort, son aire de jeu depuis toujours, sa façon de prendre le leadership. Il avait toujours été comme ça. Déjà, en primaire, il aimait mettre mal à l'aise ses professeurs, qui ne savaient plus comment aborder cet enfant aux yeux froids que tous ses camarades appelaient 'l'iceberg' tant on ne savait jamais ce qu'il pensait… Ça n'était pas expliqué dans les livres scolaires. Il en jouait, il testait, oui déjà à l'époque. Ça ne le rendait pas heureux, mais ça le rendait un peu puissant, et cette sensation-là, il en raffolait, ça le rassurait. Désormais, il était parvenu à devenir puissant, mais il n'était toujours pas heureux…

Il possédait des dizaines de sociétés, toutes orientées vers la recherche de ressources pour la survie de l'espèce humaine.

Traquer les ressources était devenu pour lui une obsession, où qu'elles se trouvent dans le monde et quoi qu'il lui en coûte, quitte à mettre sa propre vie entre parenthèse.

Il avait choisi cette voie il y a une vingtaine d'années, en regardant une émission sur l'extinction de certaines espèces animales : cela lui avait déclenché une montée d'adrénaline décuplée, et à la minute où il avait ressenti cela, il savait… Ce serait cette direction et pas une autre. Monsieur Cursan n'avait jamais eu d'animaux, pourtant il aurait bien aimé avoir un chien quand il était petit, mais juste pour lui donner des ordres. Il lui aurait bien consenti quelques caresses de temps en temps, mais ses parents avaient préféré lui offrir deux poissons rouges, car d'après eux, le poisson était un animal bien plus adapté à leur fils. Mais les poissons, ça n'obéit pas. Il les délaissa donc et les « confia » à sa mère.

Sa pensée était donc orientée vers l'espèce humaine, une espèce qu'il connaissait bien à ce qu'il croyait. Il n'avait aucune aptitude en matière d'empathie, mais ses compétences financières, elles, n'étaient plus à démontrer. Les ressources de la survie de l'espèce humaine, voilà qui paraissait un plan rentable, sous couvert d'altruisme… Il n'avait jamais été contre l'altruisme, mais il n'avait pas eu le loisir de l'apprendre. D'ailleurs, personne n'avait eu envie de le lui enseigner.

Maintenant, il était bien trop occupé à manier, retourner, infiltrer les failles des plans de ses concurrents pour s'en revêtir. De plus, l'empathie ne semblait pas être une carte avantageuse dans son jeu de la vie à lui.

Il fit sortir ses hommes de main de son bureau, agacé par le manque de résultat de leurs recherches. Ils avaient perdu la trace de Yann la semaine dernière dans les Pyrénées. Ralentis par un groupe d'adolescentes Allemandes qui voulaient être prises en photo devant une cascade, Yann avait réussi à leur échapper. Depuis, il n'avait été vu nulle part, mais ce congrès arrivait à point nommé pour le coincer : il ne pouvait pas rater cette occasion et prendrait tous les risques pour y venir. Et le risque, c'était le quotidien de Monsieur Cursan, il y était dans son élément ! Il termina son café brûlant d'une gorgée, savourant d'avance sa victoire.

Chapitre 7

À peine arrivé en bas, la neige s'était mise à tombée à gros flocons. Le vent soufflait si fort que la neige semblait tomber à l'horizontal. Yann ne voyait pas grand-chose pour avancer et faisait un effort considérable pour rester concentré sur les lignes à peine distinctes de la route sinueuse. Personne n'avait été assez imprudent pour prendre le volant suite à l'alerte météo… sauf cette berline foncée qui était derrière lui. Il tentait de distinguer le visage du conducteur dans son rétroviseur, mais la neige était bien trop présente. Il essaya de conduire un peu plus vite mais la berline accéléra également. Dans un acte désespéré il appuya fortement sur l'accélérateur au point de risquer un périlleux tête-à-queue, quand il vit la voiture derrière lui disparaître… Il sourit, se disant qu'il fallait qu'il se détende à présent.

Des gendarmes étaient sur l'accotement au bout de la route et observaient attentivement la voiture de Yann. Ils lui firent un geste pour qu'il s'arrête. Il prit une longue inspiration, et s'arrêta. Ils lui demandèrent de faire demi-tour, car la route était impraticable. Soulagé il leur répondit qu'il devait absolument se rendre en ville. Les gendarmes échangèrent un regard, l'un d'eux s'éloigna et discuta au téléphone portable en fixant Yann du coin de l'œil. L'autre gendarme lui fit signe de vite partir, car la neige continuait de tomber, et le vent n'allait pas tarder à former des congères sur la route. Il remercia l'officier, exprimant une réelle gratitude dans le regard.

À quelques kilomètres de là, il aperçut une jolie petite maison en pierres complètement recouverte de neige, et continua de rouler quelques mètres. Mais la neige rendait la route dangereuse. Il ne pouvait pas rebrousser chemin, et continuer n'était pas non plus une bonne option. Il soupira de dépit et entreprit de laisser la voiture de location sur le petit chemin, non loin de la maison en pierres. Lorsqu'il sortit de la voiture, le vent glacial lui fouetta le visage. La tête entre les épaules, il avança lentement jusqu'à la petite maison. La neige tombait si fort que ses traces de pas étaient immédiatement recouvertes. Il fit le tour de la maison, personne ne semblait répondre à ses appels. Il entreprit de rentrer à l'intérieur pour se réchauffer… et pour se cacher le temps que les routes soient déblayées.

La porte du garage étant ouverte, il entra. Le garage était très bien rangé, tous les outils empoussiérés étaient numérotés et l'établi avait quelque chose d'ingénieux : il pouvait s'agrandir au besoin. Yann se dit que le propriétaire devait être quelqu'un de très intelligent… jadis, car la poussière avouait que son ingéniosité n'avait plus été exprimée depuis un temps certain.

La clef était sur la petite porte en bois qui menait à la maison. Il se baissa pour entrer. La cuisine était rudimentaire, il lui semblait plonger dans un autre temps, un temps où rien ne pouvait le rattraper. Il leva la tête et vit un évier en pierre grise, une table en bois de chêne dont les nombreuses entailles racontaient l'histoire de plusieurs générations, des vieilles chaises en pailles sculptées d'un épi de blé, une immense cheminée sur laquelle étaient accrochées des branches de laurier et de thym séchées. Un fauteuil à bascule en rotin écaillé siégeait tel un trône tout près de la cheminée, il était agrémenté d'un coussin rouge, d'un plaid tricoté en laine rouge épaisse et douce sur lequel était posé un roman d'Alexandre Dumas.

Il s'avança dans le salon. Le canapé en cuir marron usé semblait encore très confortable, et, au-dessus, il y avait un tableau sombre craquelé représentant un jeune couple bras dessus bras dessous sur un sentier arboré, avec un chien noir aux poils longs assit qui les regardait les yeux en amandes. Le poêle à bois était assorti au style de l'horloge.

Cette horloge était sublime : en chêne massif, le bois foncé faisait ressortir la dorure ornant le cadran blanc dans lequel étaient peintes des roses avec des feuilles vertes en volute, ses aiguilles étaient ajourées, fines et travaillées… Un incroyable travail d'artiste d'une époque où les artisans prenaient le temps pour offrir avec passion le fruit d'un travail mitonné avec amour. Elle était signée « Cyrille Caire » dans une belle écriture calligraphiée. Ses aiguilles étaient restées bloquées sur 16h10. Yann aimait bien cette heure-là…, cette horloge l'amena très loin dans ses souvenirs : la cloche sonne la fin de l'école, et il dévore son goûter sur le trajet du retour à la maison, il avait 8 ans… Il se souvint de l'odeur d'herbe fraîchement coupée qui le faisait éternuer ; il aimait cette odeur de nature et l'âne Martin avec qui il partageait volontiers les petites pommes sauvages qu'il trouvait sur le trajet du retour de l'école, même si Martin préférait lui réclamer de l'herbe qui pique juste derrière la clôture – mais pourquoi fallait-il que Martin préfère les orties ? Yann, gentil, endurait les piqûres, mais il en voulait un peu à Martin quand même. Il aimait courir dans le pré du gentil Monsieur Lucien qui avait tellement de poules que son pré puait l'œuf pourrit, il y jouait avec Luca, un gamin dont les parents étaient Espagnols. Celui-ci n'avait jamais de chance, il tombait tout le temps, se blessait sans arrêt, avait la morve au nez et riait tout le temps. Mais ça, il le payait toujours aussi, car si dans le groupe de copains une bêtise était faite, les adultes l'entendaient rire, et c'était lui qui était puni, alors qu'il était sage Luca. Luca avait des grandes jambes toutes maigres, et des bras trop grands pour lui. Un jour, quand ils avaient 7 ou 8 ans, le papa de Luca les avait emmenés faire du poney. Yann était heureux sur ces bêtes. Il adorait leur grattouiller la crinière, ça rendait ses doigts tout gras. Son poney ce jour-là s'appelait Tonnerre, mais il était si lent et pataud qu'il eut mieux fait de s'appeler Flan.

Le poney que montait Luca était un poney marron et blanc, avec une belle crinière blonde. Il arriva une fois, ses longues jambes posées solidement au sol pour être pris en photo sur le poney, qu'au moment du clic de l'appareil, Luca vit le visage désemparé de son père : il se rendit alors compte qu'il se retrouvait en réalité tout seul, les jambes écartées mais tellement bien posées au sol, que le pauvre poney s'en était échappé tout doucement pour aller brouter l'herbe quelques mètres plus loin. Yann riait aux éclats en voyant la scène, Luca sans poney au milieu de la route les jambes écartées, en train de se gratter la tête avec l'air bêta et bien sûr la morve au nez, son père énervé d'avoir raté sa photo, et le poney tranquille avec des pissenlits plein les babines !

Ils s'étaient perdus de vue au moment d'entrer au lycée ; c'est fou comme on peut partager tant d'années avec quelqu'un et du jour au lendemain ne plus se voir, juste comme ça, parce que la vie change.

Dans la vieille maison, le bahut en bois coiffé de marbre rose portait les marques d'une vie ou peut être même de plusieurs, des cadres avec des photos de personnes à peine souriantes, un joli cadre doré avec la photo en noir et blanc d'un bébé au regard étonnamment mature, un vase en cristal avec un bouquet de fleurs séchées, une paire de lunettes qui aurait pu appartenir à l'un des frères Lumière tant elle était fatiguée. Dans ce décor, il fut presque étonné de voir un ordinateur portable posé sur le guéridon près de la fenêtre.

Il commença à rêvasser de la vie heureuse que devaient avoir les habitants de cette maison vivant à des années lumières de sa vie à lui, quand il entendit le bruit d'une voiture dans l'allée. Instinctivement il se cacha derrière le poêle à bois… Rose avait du mal à rentrer chez elle, car le vent s'était levé et la neige avait recouvert la route en quelques minutes. Elle remercia intérieurement son Richard qui avait insisté pour lui offrir un 4X4. Il disait que quatre roues motrices ne sont pas de trop à la montagne. « Quatre roues motrices », elle avait accepté cette dépense déraisonnable en entendant ces mots qu'elle ne comprenait pas, mais dont elle saisissait qu'ils devaient être importants tant ils avaient été prononcés avec conviction par Richard.

Après avoir fermé la porte du garage qui restait d'habitude toujours ouverte, elle déposa lentement son manteau à l'entrée, enfila ses chaussons bien chauds doublés de fourrure de mouton, décrocha le téléphone pour appeler un détective privé que connaissait la coiffeuse, quand un bruit derrière elle la fit sursauter…

Chapitre 8

C'est encore une de ces grosses bûches qui était tombée. Quel bruit fracassant ! Cela arrivait souvent, mais ce bruit de bois contre l'épaisse tomette posée à même le sol en terre battue la faisait toujours sursauter. Sans prendre le temps de la ramasser, elle composa le numéro du détective privé, Monsieur Togane, et lui expliqua la disparition de son Richard, la gendarmerie débordée, etc. Elle avait une voix enthousiaste, car elle prenait les choses en main ! Cela la mettait dans un état euphorique.

Elle se dirigea ensuite vers sa chambre ; après tant d'émotions, elle avait besoin de faire une petite sieste…

Yann en profita pour sortir de sa cachette et fut soulagé que la vieille dame ne l'ait pas vu. Ses petits ronflements réguliers montraient qu'elle s'était endormie, il était temps qu'il essaie de rentrer en contact avec son informateur de Barcelone. Il s'était débarrassé de son téléphone portable il y a un an, sachant que cela pouvait le faire repérer. Il se dirigea donc vers l'ordinateur pour communiquer via internet.

Lorsqu'il alluma l'ordinateur portable, un mot de passe lui fut demandé par l'appareil. Il fouilla dans le tiroir du bahut pour voir le nom de la propriétaire ou bien trouver un indice lui permettant de deviner son mot de passe... Il trouva un document commençant par ces mots : « Madame Rose Bichot épouse La... ».

Yann ne voulut pas en savoir davantage, sentant bien que ces informations ne lui appartenaient pas.

Il essaya plusieurs mots, des noms d'artistes des années 40, le nom d'un animal de compagnie..., mais aucun ne fonctionnait. Il referma l'ordinateur, et regarda le plafond en soupirant.

« Eh bien, que peut-il vous arriver pour que je lise un tel désespoir sur votre visage si jeune ? » chuchota Rose d'une voix douce.

Yann se redressa sur sa chaise et se confondit en excuse pour être entré sans permission... Il se leva et se dirigea vers la porte quand Rose lui demanda de bien vouloir l'aider à attraper une boite dans le buffet du haut.

Yann la regarda, stupéfait par la réaction de la vieille dame. Il lui attrapa sa petite boite en métal vieilli et la lui donna. Il resta là, à la fixer sans rien dire, admiratif de la façon dont cette dame lui pris des mains cette boite, avec la délicatesse qu'ont les mères les plus aimantes. Ses gestes étaient lents, ronds, rassurants. Il ne savait pas pourquoi, mais il se sentait apaisé en entendant sa voix.

Elle le regarda avec des yeux bleus si expressifs, profonds, pénétrants, qu'il ne parvenait plus à détacher son regard du sien, et il comprit que cette boite était tout ce qui lui restait. Il fut envahi d'un beau sentiment indéfinissable, sans réellement le comprendre.

Elle déposa sa petite boite sur le coin de la table en la tapotant du bout de ses doigts déformés, et demanda à Yann de ne pas lui dire pourquoi il était là, ni de qui il se cachait, car elle avait déjà trop à faire pour retrouver son mari. À son âge, une occupation unique est le meilleur moyen de ne pas se sentir trop épuisée. Elle lui donna le mot de passe pour qu'il puisse, enfin, avoir accès à internet : « Ambroise , lui dit-elle. C'est le prénom que nous aurions donné à notre fils si nous avions eu le bonheur d'en avoir un ».

Yann était intrigué de la disparition du mari de la vieille dame, cependant, discernant l'embarras ou la crainte que sa présence prolongée pourrait inspirer à la vieille dame, il lui promit de ne pas lui attirer d'ennuis et de repartir dès le lendemain matin.

De plus, il fit tout son possible pour aider Rose : il lui remit du bois dans le poêle, lui fabriqua un petit meuble avec de vieilles planches qu'il avait vu dans le garage en rangeant son bois ; ainsi il ne tomberait plus sur les tomettes de la salle à manger, et Rose ne sursauterait plus. Il entreprit même de préparer le repas. L'odeur du beurre qui cuit avec de l'ail et du persil mettait Rose en appétit.

Ils dînèrent ce soir-là dans la jolie vaisselle que lui avait offert Laura des années auparavant et qui ne servait que pour les grandes occasions, c'est-à-dire jamais. Dans les belles assiettes en porcelaine peinte à l'encre bleue, il y avait des dessins qui correspondaient aux saisons. C'est vrai que c'était joli de les mettre sur une nappe blanche, très joli même. Et remplies de pommes de terre aux lardons et aux champignons à l'ail et au persil, elles étaient aussi alléchantes que si elles avaient été cuisinées dans un grand restaurant étoilé ! Elle fit un tour dans la cave à vin de son Richard pour y remonter une bonne bouteille, davantage, en réalité, pour accompagner ces si jolies assiettes que pour embellir la saveur du repas. Elle n'y connaissait rien, mais elle se souvenait que « Pomerol » était ce que son Richard aimait. Rose se disait que son Richard aurait fait la même chose pour remercier son invité de ses charmantes attentions. Faire ce qu'il aurait fait, c'était une façon d'être avec lui. Ils passèrent tous deux une soirée agréable à se raconter Richard, à se raconter Clara, à se raconter la vie qui passe, avec ses incroyables bouffées de bonheurs qu'il faut garder précieusement en mémoire pour s'en nourrir les jours plus déchirants.

Chapitre 9

La déneigeuse et le soleil matinal avaient fait fondre les dernières traces de neige sur les routes. Catherine, la jeune femme rousse qui avait pris discrètement une photo de Yann à l'hôtel où il avait séjourné, était ravie de pouvoir prendre la route pour se rendre en ville. Elle appliqua soigneusement sa crème anti-âge à la rose de Damas sur son visage, son cou et son décolleté, mit un gros pull en laine shetland écru sur un jean, et coiffa sa longue chevelure rousse de ses lunettes de soleil.

La veille, elle avait bien essayé de suivre cet homme intrigant, mais la tempête de neige l'avait obligé à rebrousser chemin. Ça l'avait amusée de le suivre. Il faut dire qu'elle cherchait une histoire à vendre à son journal, car en ce moment, à part des photos de touristes emmitouflés dans leur tenue de sport d'hiver, il n'y avait pas grand-chose à relater, et photographier une célébrité en train de descendre une pente, elle n'en voyait pas l'intérêt. Une petite intrigue, si minime soit-elle, serait la bienvenue.

Mais comment retrouver ce bel homme intriguant aux cheveux poivre et sel ?

Catherine tenta de nouveau auprès du Directeur de l'hôtel, en lui proposant de prendre un café avec lui en terrasse.

Ce petit moment lui avait permis enfin d'apprendre quelques détails qui avaient échappé à la vigilance des propos du Directeur, pourtant très taciturne habituellement au sujet de ses clients. Elle alla parler également avec la jeune stagiaire qui s'était occupée de la chambre de cet homme. La jeune femme était volubile. Tout ce qu'elle savait, elle le partageait volontiers ; ça lui donnait l'impression, un instant, qu'elle était importante. Catherine n'eut aucun mal à savoir que cet homme s'appelait Yann, qu'il était discret, généreux en pourboires, et qu'il avait quitté l'hôtel le matin précédent dans une voiture de location.

Catherine remercia la jeune stagiaire qui l'arrêta en lui glissant avec un air complice :

« Je ne sais pas si cela vous intéresse, mais en faisant le lit j'ai vu sur la table de chevet une adresse griffonnée sur une invitation à une exposition temporaire de statues de glace. J'ai toujours aimé ça, moi, les statues de glace. C'est beau puis ça redevient de l'eau insignifiante, un peu comme moi », dit-elle en se rongeant ses ongles recouverts d'un vernis violet écaillé. Catherine n'en revenait pas !

Elle se concentra alors pour garder une voix calme, afin de ne pas effrayer cette jeune personne attachante de simplicité et de naïveté.

« Vraiment ? Moi aussi j'aime ces statues, c'est un art magnifique. Ce n'est pas insignifiant quand ça fond, c'est juste différent. Mais l'eau, c'est beau aussi, non ? ... Et... Vous vous souvenez de l'adresse griffonnée sur l'invitation ? »

« Pas trop non. Je me rappelle juste que c'était à Barcelone. Je m'en souviens, car j'aime cette ville et surtout la maison de Gaudi, elle est bizarre, comme la vie. Elle est surprenante, elle fait un peu peur, mais on aime s'y balader parce qu'il y a de belles pièces auxquelles on ne s'attend ».

Catherine contenait sa joie d'avoir enfin une information qui en valait la peine. Elle remercia la jeune femme et retourna finalement dans sa chambre d'hôtel pour surfer sur internet et regarder quelles étaient les manifestations, expositions ou toute autre chose, qui seraient susceptibles d'expliquer le déplacement en voiture de Yann malgré les conditions climatiques effroyables de la veille.

Il y avait bien une exposition de peinture de Juan Gris au Musée d'Art, une conférence scientifique à l'Université de Barcelone, le déplacement exceptionnel du grand Chef cuisinier Franco-Italien Pierre Mapos au restaurant El Piquete…

Catherine fixa le programme de la conférence scientifique un bon moment. Elle comprit l'impact scientifique et financier des discours présentés par les chercheurs internationaux, et sut immédiatement que c'était « the place to be », c'est-à-dire l'endroit où il faut être ce jour-là !

Elle enfila vite une tenue plus adaptée à sa nouvelle mission, un tailleur pantalon noir, dont la veste cintrée mettait en valeur sa silhouette d'ancienne danseuse étoile, un manteau tulipe en laine bouillie noire et une étole en cashmere émeraude sur laquelle retombait son épaisse chevelure. Elle rejoignit sa berline, et démarra en direction de Barcelone.

Chapitre 10

Yann s'était rendu sans difficulté à son hôtel La marina. De sa fenêtre, il voyait la statue de Christophe Colomb qui pointe son doigt vers la mer. Il trouvait cette place très belle. Cette proximité avec la mer était agréable : le bruit des vagues, l'odeur de l'iode qui s'invitait à remplir ses poumons à grandes respirations…

Il déposa sa valise sur le lit et déchira le double fond avec une lame de rasoir pour en sortir la clé USB, la petite boite, l'étrange boîtier noir, et deux électrodes. Il était prêt.

Deux coups discrets se firent alors entendre à sa porte. Ses yeux s'agrandirent, fixant un instant la porte. Il cacha vite la clé USB dans la salle de bain et ouvrit la porte. Deux hommes en costumes sombres bon marché se présentèrent à lui, lui demandant de le suivre. Ils affirmèrent travailler pour Monsieur Cursan, et leur ton n'était pas amical. Yann savait pourquoi Monsieur Cursan cherchait à le « rencontrer », et à l'intimider. Mais il était difficile pour lui de refuser de les suivre, aussi il prit donc sa veste et les suivis.

Sur les marches de la sortie de l'hôtel, un vieillard qui faisait la manche regarda Yann attentivement : sa montre indiquait 14 heures. C'était donc lui ! C'était son contact ! Yann sorti une pièce de sa poche et la mit dans la main du vieil homme, et la lui serra, lui montrant ainsi qu'il l'avait bien reconnu. Le vieil homme bougonna quelques mots en espagnol en se grattant la tête et fit mine de ne plus faire attention à Yann et aux deux hommes en costumes sombres, préférant porter son attention sur un chat qui passait. C'est alors que le vieil homme se leva d'un bond en vociférant sur la pauvre bête, qui venait à l'instant de voler son maigre repas. La foule s'arrêta, le maître d'hôtel sortit, et à peine une minute plus tard, une voiture de police s'arrêta. Le vieil homme fit signe à Yann, qui compris que cette diversion avait pour but de le sortir de mauvais draps. Yann s'éclipsa, laissant les deux hommes en costumes sombres pantois devant cette scène très confuse. Lorsque les deux hommes s'aperçurent de la supercherie, ils ragèrent intérieurement. Toutefois, pour ne pas attirer l'attention de la police, ils décidèrent de s'éloigner de l'hôtel sans tarder. En se retournant, ils virent un homme haut en taille et coiffé d'un chapeau, qui pressait le pas pour les rattraper. Un taxi s'arrêta, et les deux hommes s'engouffrèrent dans la voiture.

Les voyant partir au loin, Yann rejoignit sa chambre, en attendant que son contact se manifeste de nouveau.

Il n'eut pas à attendre longtemps, car le vieil homme était déjà à sa porte :

« Yann… C'est moi, c'est Clara qui m'envoie ».

Yann sauta sur la porte pour lui ouvrir.

Le vieil homme n'était pas du genre à parler pour ne rien dire. Il regarda Yann en silence, puis lui dit :

« C'est bientôt fini mon p'tit » puis il sortit une enveloppe froissée de sa poche et il la tendit à Yann. « C'est de la part de la p'tite ».

Yann n'en revenait pas, cet homme qui n'était qu'un mendiant il y a deux minutes, était maintenant le seul lien qui demeurait avec Clara. Les yeux verts de Yann s'embrumèrent et il prit congé quelques minutes pour s'enfermer dans la salle de bain et lire cette lettre inespérée au goût de l'interdit. Clara avait pris un grand risque pour la lui écrire… Il reconnut immédiatement cette écriture en volute, aérienne, charmante…

« Mon amour,

Ton absence a laissé en moi un vide immense. Tu sais que je n'avais pas le choix, et je t'aime pour le sacrifice que tu fais pour nous, pour notre liberté, pour ce qui fait que nous sommes humains, vulnérables. Je pense à toi, à nous, je revois ton extraordinaire sourire, tes mains douces. Tes manies qui m'agaçaient autrefois me manquent terriblement ! Un an mon amour, et aujourd'hui je vais te revoir… »

Yann se laissa aller aux larmes à ces derniers mots ; il allait enfin la revoir ! Plus jamais il ne la quitterait, jamais…

« … suis bien les instructions de Monsieur L…, il est fiable. Il me fait souvent penser à toi, tu sais ! Ne te fit pas à son allure, c'est un impitoyable joueur d'échecs, il ne me laisse jamais gagner ! Sois prudent mon amour, à tout à l'heure, ta Clarinette qui t'aime… »

Yann connaissait Clara mieux que lui-même : si elle avait pris le risque de lui écrire ces quelques lignes, c'était parce qu'elle avait un message important à lui transmettre, un message qui devait être codé dans ce courrier. Il réfléchit à plusieurs combinaisons de chiffres, de lettres... puis se souvint qu'elle lui avait raconté que, plus jeune avec sa petite sœur elles s'amusaient à écrire avec une plume et du jus de citron sur les feuilles blanches. La feuille restait vierge pour les personnes non averties, mais elle et sa sœur savaient qu'elles n'avaient qu'à passer une bougie derrière la feuille, à bonne distance, pour voir apparaître 'le message secret'. Il prit donc la boite d'allumettes estampillée 'La Marina', et passa lentement la flamme derrière la lettre de Clara...

Il vit apparaître MXW7.

Mais que voulait dire ce sigle ? Il n'avait plus assez de temps pour tenter de le comprendre... Il savait juste que cette donnée était capitale.

Yann sorti de la salle de bain, et surpris Monsieur L courbé sur un objet. Il avait le boîtier noir en main ! Il l'avait ouvert, et, à l'aide d'un petit outil, il modifiait un système complexe à l'intérieur qui ressemblait à un moteur tel qu'on les trouve dans les climatisations, mais en plus miniature. Comment l'avait-il trouvé ?? Et quand ? Cet homme était stupéfiant, Clara avait raison... encore une fois... Il sourit à cette idée. Monsieur L sortit enfin de sa concentration, et se tournant vers Yann il lui dit : « c'est prêt. Yann, ne vous préoccupez plus de rien d'autre que de vous rendre à la conférence. Quand le Docteur Gomez présentera sa thèse, interrompez-le et présentez-lui les documents que le Professeur Smith vous aura remis à l'entrée. Il introduira le Professeur Laurence, puis partez sans vous retourner. Yann mon petit, faites exactement ce que je vous dis, et tout ira bien ; chaque seconde est comptée ».

Monsieur L avait le ton du commandement adouci par une voix paternelle, qui mettait en confiance les personnes à qui il s'adressait. Yann positionna le boîtier noir sous sa poitrine, humecta les électrodes de sa salive, et renfila son pull.

« Je suis prêt », dit-il.

« Je ne crois pas, non », dit doucement Monsieur L en tournant la tête. Puis il fixa Yann dans les yeux d'un regard qui avait le sombre d'une mer déchaînée des côtes bretonnes en plein hiver. « Là-bas, ne vous retournez pas, quoiqu'il arrive » lui répéta-t-il une dernière fois, et il quitta la pièce précipitamment.

Yann entrepris de louer une GSXF noire, une moto dont il appréciait l'adhérence , pour se rendre à la conférence. Avec son casque, il pourrait arriver avec plus de discrétion au plus proche de l'entrée.

L'entrée de l'université était pleine de monde. Des agents de sécurité portaient une oreillette et renvoyaient une attitude rigide et vigilante. Ils étaient placés à chaque issue, et quatre d'entre eux faisaient passer un détecteur de métal sur les invités avant de les laisser entrer, sur présentation de leur badge à reconnaissance digitale.

Le brouhaha était assourdissant, et les photographes se bousculaient pour entrer en premier et obtenir les meilleures places devant le podium.

Yann gara sa moto, retira son casque, regarda autour de lui, s'attendant à voir les hommes de main de Monsieur Cursan, mais face à tant de monde devant lui, il ne voyait pas à plus de 10 mètres.

Il se présenta à la porte principale, où les agents de sécurité faisaient manifestement du zèle. Son badge avait été fabriqué par un homme qu'il connaissait à peine..., allait-il fonctionner ? Allait-il passer la sécurité ? Une fois à l'intérieur, il savait qu'il lui serait difficile de ressortir… Une goutte de sueur perla sur son torse… « Le boîtier » !! se dit-il. S'il ne se ressaisissait pas, le fonctionnement du boîtier qu'il portait sur lui risquait d'être altéré à cause de l'humidité de son corps. Il savait que ce boîtier réfrigéré fonctionnait uniquement grâce à deux électrodes qui adhéraient à sa peau, sans cette adhérence, il en était fini de la mission… « inspirer… Expirer longuement… ». Il retrouva un calme suffisant pour continuer son risqué périple.

La reconnaissance digitale indiquait un voyant vert pour les personnes autorisées à entrer, et un voyant rouge s'allumait pour les personnes non autorisées.

Ce fut au tour de Yann de se présenter devant le portillon. Comme prévu, il le toucha et une impulsion électrique fut envoyée dans le lecteur de badge grâce au boîtier bricolé par Monsieur L. Yann ressentit une petite décharge au niveau de son thorax, mais dissimula cet inconfort en toussant légèrement. Cette impulsion électrique avait en réalité empêché le système de lire l'information jusqu'au bout, et avait repris l'information complète antérieure correspondant au badge de la personne qui était entrée juste avant lui.

…vert… Yann sourit aux agents de sécurité sans trop en rajouter, de peur d'attirer inutilement leur attention sur sa personne. En passant, il vit une hôtesse brune, qui portait des lunettes avec de larges montants noirs et qui lui sourit gentiment en lui souhaitant une bonne conférence. Pourquoi ce sourire lui était-il familier ? Il n'y prêta pas attention, se souvenant de la consigne de Monsieur L « une fois à l'intérieur, ne vous retournez pas ». Il sentit que quelqu'un le retenait par le bras, il se retourna et vit un homme au port de tête très assuré, une barbe taillée avec élégance, et vêtu d'un costume distingué gris anthracite qu'une lavallière ivoire magnifiquement ajustée venait rehausser. Il ne comptait pas ses gestes pour lui tendre des documents et dire avec un fort accent américain « mon jeune ami, tenez, c'est pour vous, je suis le Professeur Smith. Mes salutations à votre magnifique épouse ». Puis il se dirigea, le sourire immense et dans un mouvement théâtral, vers les journalistes. La conférence allait bientôt commencer. L'atmosphère était lourde, il lui semblait que la salle manquait d'oxygène. Lucidement, il prit place au second rang sur la droite, ainsi proche de l'issue de secours.

Au même moment, un taxi s'arrêta devant la porte principale. C'était Catherine, elle en sortit et se faufila dans la foule.

Chapitre 11

De son côté, Rose avait ouvert la grande enveloppe que lui avait donné son détective privé. Cette enveloppe n'étant pas épaisse, elle pensa que c'était une note d'honoraires. Elle fut surprise de découvrir une photo en noir et blanc très floue. Elle représentait un homme de profil. Cette silhouette... Était-ce possible ? Derrière la photo, le détective avait écrit une note d'une écriture anguleuse : « photo prise par la caméra de surveillance de l'aéroport de Madrid le 12 janvier 7h58. Cet homme se fait appeler Monsieur Abatie. Qu'en pensez-vous ? »

Rose n'était pas dupe, des illusions elle en avait déjà eu, elle qui croyait reconnaître Richard à chaque coin de rue, reconnaître sa démarche... Il lui arrivait même de se réveiller en pleine nuit, croyant le sentir en train de se lever. Elle était habituée à ces fausses informations que lui envoyait son imagination, après tant d'années de vie commune... Elle préféra sagement demander à son détective de bien vouloir continuer ses recherches et de lui agrandir cette photo si cela lui était possible.

Catherine, elle, cherchait un moyen de rentrer dans l'Université où se déroulait la conférence scientifique. Sans badge, sans connaissance, sans invitation, elle se disait qu'il allait falloir se montrer inventive. En journaliste futée, elle trouva une brillante idée, risquée toutefois :

Elle prit son air le plus naturel, se posta à côté des agents de sécurité quelques secondes en leur souriant poliment, puis elle s'éclipsa. Elle attacha ses cheveux, mis du rouge à lèvre, et retira son manteau. Elle revint une demi-heure plus tard, et se présenta de nouveau devant les agents. Elle s'adressa à l'un d'eux, le plus petit, en lui disant dans un espagnol parfait « j'ai l'impression de vous connaître, c'est drôle ! », les yeux de l'agent la fixaient, dubitatifs. Il lui semblait effectivement que ce visage ne lui était pas inconnu, et quel visage ! C'était une invitation au voyage ; ces grands yeux ouverts sur le monde et cette bouche parfaitement dessinée le laissa rêveur l'espace d'un instant. Parmi les 18 000 personnes attendues pour les différentes conférences du jour, la confusion de l'agent était prévisible. Elle ne lui laissa pas plus de temps de réfléchir et lui chuchota doucement, en inclinant la tête sur le côté avec un sourire complice et un jeu subtil de mouvements de sourcils de manière à marquer un regard intense comme le faisait si bien la grande Marilyn : « serait-il possible de m'ouvrir s'il vous plaît… je suis attendue et j'ai oublié mon badge ». Mais alors, il colla brusquement sa main contre son oreillette tout en la fixant du regard. À l'évidence, il recevait des instructions diverses liées à sa tâche. C'était la chance de Catherine ! Elles achevèrent d'étourdir son esprit, si bien que regardant son collègue, il lui dit « c'est bon je la connais ».

Une fois à l'intérieur, elle se dirigea immédiatement vers la salle de conférence et prit place au milieu de l'avant-dernier rang.

Le Président de l'évènement annonça le programme de la journée et introduisit le premier conférencier, l'éminent Docteur Gomez dont les travaux de recherches permettaient de penser que le cycle cellulaire peut être reprogrammé à partir d'une base de données informatiques et être réintroduit en tant que code modifié dans le code ADN humain.

Yann frémit… C'était le nom de code pour qu'il intervienne. Déjà…? Et si c'était un pur hasard que ce Docteur porte le nom

« Gomez »… ? À Barcelone, Il y a beaucoup de personnes qui portent ce nom. Mais comment pouvait-il en être sûr… ? S'il décidait d'intervenir maintenant, il prenait le risque de se tromper de personne, et toute l'opération allait échouer. Cependant, si au contraire il optait de temporiser alors que c'était le moment, toute l'opération allait également tomber à l'eau. Trop de vies humaines étaient en jeu pour faire une erreur maintenant. Il attendit un instant, et vit le Docteur Gomez entrer, le pas mal assuré, sur le podium. Il était très grand et maigre et sa chemise trop courte faisait paraître ses bras immenses. Il ajusta ses lunettes, racla sa gorge en baissant la tête pour la perdre dans son épaisse barbe négligée. Yann se décida à se lever et à monter sur le podium. Les agents de sécurité arrivaient en courant, Yann n'avait que quelques secondes pour parler à cet homme. Catherine, qui regardait la scène, se raidit à la vue de Yann sur le podium, M. Cursan était là lui aussi, attentif et tendu comme à son habitude. Il murmura dans son oreillette, et les agents de sécurité revinrent à leur poste sans intervenir.

Yann était dépassé par la situation, mais courageusement il se dirigea vers le Docteur

Gomez. Surprise ! Il connaissait ce regard et cette façon un peu gauche de marcher, mais il ne savait plus exactement… mais…« ce n'est pas possible… oui, c'est bien lui » ! Il l'avait enfin reconnu. Il lui tendit promptement les documents du Professeur Smith, lui chuchota quelques mots, confus entre le plaisir de le revoir et la tension du moment : « Luca ! C'est moi Yann !! Laisse place au Docteur Laurence s'il te plaît. » Le Docteur Gomez écarquilla les yeux, regarda Yann très fixement, cligna trois fois des paupières, regarda le sol en secouant la tête, consulta la première page des documents, puis regarda de nouveau Yann, et lui dit avec un accent espagnol « c'est sûr ? Maintenant ? », et il céda sa place de conférence en annonçant lui-même le Professeur Laurence, avec une voix tremblante. L'assistance, stupéfaite, laissa échapper un grondement d'étonnement qui envahit la salle.

Yann n'avait aucune idée de la suite des événements. Sa mission était presque terminée. Des bruits de pas énergiques derrière lui annonçaient l'arrivée du Professeur Laurence. Il devait lui remettre le boîtier sans croiser son regard et s'en aller immédiatement, sortir, absolument sortir ; la réussite de la mission dépendait de cela, sortir…

Sous l'effet du stress, Yann oublia l'ordre formel et le dévisagea…

Il vit Monsieur L dans une blouse blanche sur laquelle un badge indiquait « Professeur Laurence ». Il ne comprenait plus rien. Monsieur L et le Professeur Laurence étaient donc la même personne ? Monsieur L le regarda et tendit la main en lui envoyant du courage du fond des yeux. Yann se remit de sa surprise, et lui tendit le boîtier. Monsieur L lui dit tout bas « file petit, porte B ». Yann descendit du podium, conscient que s'être parlé, quoique très furtivement, leur avait fait perdre un temps précieux qui compromettait la mission…

Monsieur L ou plutôt le Professeur Laurence commença par ces mots : « Mes chers amis, mes chers confrères, oui, je suis bien vivant. Mon histoire est une bien longue histoire. Je me ferais une joie de vous la raconter, mais croyez-moi, vous serez davantage intéressés par ce que contient ce boîtier. Il s'agit d'un dispositif capital, qui marquera une nouvelle ère scientifique dans le domaine de la médecine génomique ».

Pendant qu'il parlait, Monsieur Cursan se posta rapidement porte B avec deux de ses hommes. Yann ne pouvait pas emprunter cette sortie sans être intercepté. Il devait encore une fois décider très vite ! L'instruction de Monsieur L était claire « porte B ». Il obéit ; son cœur battant à tout rompre, il entreprit de se diriger porte B. Contre toute attente, Monsieur Cursan le laissa passer, et le suivit. Étonnamment, l'hôtesse de la conférence se précipita entre eux deux et s'adressa à lui : « Monsieur Cursan, appréciez-vous la conférence ? » Mais il ne se laissait pas distraire et continuait de suivre Yann, sans même regarder l'hôtesse qui essayait de lui emboîter le pas, dans une démarche balancée rythmée par le son de ses hauts talons sur le sol de marbre brillant.

Il s'excusa tout de même sans la regarder et prétexta une urgence. L'hôtesse l'invita poliment mais fermement à se diriger vers la sortie principale, la sortie B étant réservée au personnel.

Monsieur Cursan insista, et essaya de l'intimider d'un regard froid, mais l'hôtesse ne se laissa pas duper. Les gens autour commençaient à les regarder, comme il devait rester discret, il obtempéra avec un sourire forcé, et se dirigea vers la sortie principale, murmurant dans son oreillette à ses agents de sécurité de se poster à la sortie de la porte B, côté extérieur.

Oh mais cette hôtesse ! Sa voix ! Oui c'était bien elle ! Yann dû faire un effort surhumain pour ne pas se retourner alors qu'il venait de reconnaître la voix de Clara. Elle était coiffée d'une perruque brune et portait des lunettes, mais il en était sûr, c'était bien elle !

Il devait rester concentré, et pour cela il se répétait MXW7 en boucle. Il redressa la tête et aperçut la sortie surexposée de lumière au fond du couloir. Son cœur accéléra au même rythme que ses pas quand il entendit une annonce d'une voix féminine au micro de l'accueil de la conférence :

« Le petit Yannick est attendu par Monsieur Xavier Watt, salle 7, Yannick est attendu salle 7, merci ».

MXW7 ! Le code venait d'être annoncé au micro ! Mais que devait-il faire de cette information ? Devait-il se rendre salle 7 alors que Professeur Laurence lui avait expressément ordonné de ne pas se retourner ? Et si Clara avait finalement besoin de lui à l'intérieur et que c'était elle qui l'avait fait appelé sachant qu'il connaissait ce code et qu'il serait le seul à comprendre ?

Yann était perdu ; ses jambes continuaient à avancer, mais son esprit était en train de bouillir, cherchant la réponse la plus logique, ce qui lui était difficile sachant Clara en danger...

« Le petit Yannick... » elle ne l'aurait jamais fait appeler de cette façon, car Monsieur Cursan aurait immédiatement fait le lien, à moins de vouloir attirer ses poursuivants salle 7. Mais alors pourquoi faire passer le code au micro ?

Il était encore dans ses pensées quand il entendit des bruits de talons qui s'approchaient de lui en courant...

« Yann mon amour, cours, dépêche-toi ! Je t'expliquerai dehors... Nous avons pris du retard ». C'était Clara ! Elle le prit par la main pour qu'il réagisse plus vite... Elle n'eut cependant pas besoin d'insister car lorsque Yann sentit la main de Clara dans la sienne, il lui sembla sentir des ailes lui pousser dans le dos, et rien n'aurait pu dès lors l'arrêter... De l'autre côté de la porte de sortie vitrée, ils discernaient l'allure des hommes de Cursan… Yann lui souffla :

« Clara… »

« Pas maintenant Yann » le coupa Clara , « laisse-moi faire. Tu as toujours la clé USB ? »

Cette question froissa son esprit et ses nerfs à fleur de peau ; un an après leurs retrouvailles, alors que lui il ne pensait qu'à lui dire combien il l'aimait, combien elle lui avait manqué en serrant fort sa main dans la sienne, elle, ne pensait qu'à la clé… toutefois, il balbutia brièvement un « Oui, oui ».

« Bien, reste là » lui commanda-t-elle, et elle sortit pour aller discuter un long moment avec les hommes de Monsieur Cursan. La discussion semblait animée : elle soupirait et était visiblement agacée. Finalement, l'un des deux hommes prit son téléphone portable et parla brièvement à quelqu'un. Clara regarda Yann à travers la porte vitrée et lui fit signe de venir. Il s'avança sans savoir à quoi s'attendre. Lorsqu'il ouvrit la porte, les deux hommes lui saisirent le bras en regardant tout autour.

« Voici l'homme que Monsieur Cursan recherche. Pour être sûre que vous ne le perdiez pas cette fois, je vous accompagne » dit Clara, lançant un regard indifférent à Yann.

Yann essayait de comprendre et de rassembler les morceaux du puzzle.

Ils montèrent tous les quatre dans un break aux jantes aluminium flashantes et roulèrent un bon moment. Les secousses de la route sinueuse ne contribuaient pas à remettre les idées en place dans la tête de Yann. Ils s'arrêtèrent dans un endroit isolé et plat, et attendirent là dans un silence inquiétant. Seul le bruit de leurs respirations venait rompre ce silence de cathédrale qui régnait.

Le téléphone de Clara sonna : « Oui c'est fait. Nous attendons Monsieur Cursan », répondit-elle.

Un hélicoptère se fit entendre et atterrit à quelques mètres de la voiture. Clara prit Yann par la main et lui dit dans une voix suave qu'il ne lui connaissait pas « fais-moi confiance ». Ils se dirigèrent vers l'hélicoptère. Monsieur Cursan était à bord, assis à côté d'une petite mallette marron. Il regardait nerveusement partout autour de lui, comme s'il se sentait suivi. Il s'adressa à Yann :

« Bonjour Yann, enfin je vous mets la main dessus ! Donnez-moi la clé ».

Clara fit signe de la tête à Yann et il la lui donna. Monsieur Cursan sortit son téléphone et y inséra la clé à l'aide d'un adaptateur.

« Très bien, le code s'il vous plaît ? »

Yann regarda Clara qui fit mine de ne pas comprendre en tournant la tête, portant son regard sur le paysage à l'extérieur. Puis il objecta :

« Monsieur Cursan, je sais qui vous êtes et je connais votre effroyable réputation, mais je ne vous dirai rien tant que vous ne m'aurez pas expliqué ce qu'il se passe ».

« Yann, nous n'avons pas le temps » ! Lui rétorqua Mr Cursan d'un ton agacé. « Je vous promets que vous aurez toutes les réponses à vos questions dans quelques instants, mais avant cela donnez-moi ce code ! »

Clara le regarda et hocha la tête, il dit donc à haute voix « BHW8 »

Monsieur Cursan dit d'un sourire crispé, « ce n'est pas le code, j'ai juste besoin de votre confirmation, car cette mission est périlleuse. Pour accéder au contenu de cette clef USB, nous n'avons droit qu'à un essai, or, il n'y a que quatre personnes au monde qui connaissent ce code. Vous êtes la deuxième, et dans votre intérêt, le code que vous me donnerez doit être le bon, autrement des millions de personnes vont le payer de leur vie, Clara y comprit… »

« MXW7 » dit Yann en baissant la tête, ne sachant plus à qui se fier.

« Clara, confirmez-vous ? »

« MXW7 ».

Monsieur Cursan pianota très vite sur son clavier tactile, et le dossier s'ouvrit en même temps que ses petits yeux secs qui pétillaient d'impatience. Il composa un numéro et au bout de deux sonneries, il dit :

« Vous pouvez rentrer après votre exposé, c'est fini. Remettez le boîtier comme prévu à qui de droit, le code vient d'être validé. Je viens de dupliquer la clé, les données de votre présentation y ont été copiées, de sorte que personne ne peut prétendre à présent avoir trouvé le résultat de vos recherches. C'est officiel, je suis le plein détenteur de cette incroyable découverte. Vous ne risquez plus rien. Nous allons pouvoir sauver des millions de vies. Rendez-vous chez qui vous savez, je vous envoie un hélico ».

Tout s'éclairait : le Professeur Laurence avait fait une découverte scientifique majeure, mais la paternité de cette découverte était dès lors menacée ainsi que ce à quoi elle devait être employée, car d'autres personnes mal intentionnées voulaient en profiter. Certains scientifiques qui avaient laissé filtrer des études prometteuses, avaient attiré l'attention de certaines personnes opportunistes qui souhaitaient faire la course scientifique contre le Professeur juste pour du profit. Heureusement, le profit était le dernier souci du Professeur. Lui, il voulait juste la sauver elle…, sa Rose qui l'attendait depuis un an déjà sans même savoir qu'il était encore en vie. Mais c'était le prix à payer pour la protéger de tout ce stress qui aurait pu la tuer, car il la connaissait : en apprenant sa disparition, elle se serait épuisée à espérer. Aussi, il avait laissé quelques indices pour que le détective qu'elle avait engagé puisse les trouver et nourrisse son espoir. Ça la protégerait, le temps qu'il travaille sur une avancée scientifique qui pourrait lui rallonger quelques années de vie. Il y a un an déjà, les médecins lui avaient donné encore un ou deux ans à vivre ; le Professeur Richard Laurence n'avait plus le temps et devait agir rapidement pour la sauver. Pour cela, il avait eu besoin d'élaborer un plan aussi bien réglé que son horloge Cyrille Caire jadis. Cet artisan l'avait toujours inspiré. Il avait donc planifié de faire semblant de disparaître un jour de tempête. Sa notoriété dans le monde scientifique avant sa retraite lui avait permis d'entrer en contact avec Monsieur Cursan, un homme suffisamment influent et riche pour pouvoir financer le plan très coûteux que son génial esprit avait conçu. Cet homme d'affaires qui avait accepté de soutenir sa louable cause, était connu pour son goût avide de résultat. Quant à Richard, il était connu, lui, pour être un homme de résultat. Ils étaient ainsi faits pour s'entendre. Monsieur Cursan avait été immédiatement convaincu par le projet, et avait évalué, d'un simple et rapide hochement de tête, tout l'avantage qu'il pourrait en retirer.

Cependant, le vieux professeur pour sa part, tenait expressément à obtenir le résultat positif escompté en moins d'un an, car la conférence scientifique était le moment et l'endroit idéal pour révéler au monde entier le fruit de ses recherches. Une fois rendu officielle, son étude serait protégée. Pour y parvenir dans ce court délai, il lui fallait obtenir l'aide du Professeur Luca Gomez, un vieux camarade de laboratoire dont les compétences de biochimiste étaient internationalement reconnues, et qui, par un heureux hasard, était aussi l'ami d'enfance de Yann et de Clara. Pour que le professeur Luca Gomez accepte, il allait falloir le persuader de l'importance du sujet et l'y faire pleinement adhérer, car son manque de confiance en lui maladif l'empêchait d'être quelqu'un d'autre que cet homme, certes incroyablement brillant, mais paralysé au moindre stress. Le courage ne faisant pas partie de ses atouts, il lui fallut savoir que son ami d'enfance, Yann, était impliqué, pour oser s'engager à son tour. Il réagit d'instinct quand Monsieur Cursan prononça le prénom de Clara qui était malade. Clara, il la connaissait depuis l'école primaire, toujours gentille avec lui et prévenante quand les autres se moquaient de lui. Il se souvenait qu'un jour, pendant la récréation, les enfants avaient envoyé le ballon sur le toit de l'école, et lui avait crié d'aller le chercher. Pour cela l'un d'eux lui avait fait la courte échelle, ce qui lui avait permis d'atteindre le petit muret qui donnait accès au toit. Il avait eu un peu le vertige mais avait eu bien plus peur de ses « camarades » que de tomber du muret. Au pire il se serait fait mal au corps, et ça, il avait l'habitude, mais au moins, tomber ne lui aurait pas fait mal à l'intérieur, là où le rejet des autres vient ronger le cercle d'espace où normalement on se sent aimé. Une fois qu'il leur avait rendu la balle en la leur lançant, ils étaient repartis jouer en le laissant là, dans l'incapacité mentale de redescendre. Il se souvenait de chaque détail, leurs rires moqueurs, leurs doigts pointés vers lui. Prisonnier de sa gentillesse, il s'était retrouvé dans une situation qu'il détestait vivre. Son envie de pleurer avait été freinée par une rage intérieure, et c'est à ce moment-là précis qu'il avait vu Clara… ! Elle était là et elle tenait tête à Jerry, la forte tête de ce groupe d'enfants, plus bêtes que véritablement méchants. Jerry s'était mis à rire d'un rire gras et nerveux, qui avait résonné dans le préau, décontenancé par le courage de cette fille de 6 ans qu'il dépassait d'une tête. Il avait fini par céder et était venu libérer le pt'it Luca Gomez ! Dès lors, celui-ci avait essuyé pour le restant de l'année des moqueries à cause de cette scène et de son fort accent espagnol. Clara, elle, l'aimait bien cet accent : ils étaient jolis ces mots qui sortaient de la bouche du meilleur élève de toute l'école toutes disciplines confondues, sauf le sport, qui était le royaume de Jerry, et la cantine, domaine réservé de Madame Delval, la cuisinière en chef, qui ne s'était jamais mariée et adorait terroriser les enfants quand ils ne finissaient pas leur plat. Mais tout le reste, le pt'it Gomez régnait dessus.

Revenant au présent, il n'éprouva pas le besoin d'en savoir plus, d'accord qu'il était pour les aider.

Monsieur Cursan avait eu la riche idée de contacter Clara, la jolie épouse de Yann, il y a un an, sachant que cela convaincrait Luca. Il lui expliqua la situation : Rose, « sa » maladie auto-immune, son amour de toujours Richard qu'elle croyait disparu mais qui en réalité cherchait par tous les moyens à lui sauver la vie… Cette histoire était entrée en résonance dans le cœur de Clara qui avait appris qu'elle souffrait elle-même d'un cancer du sein stade 2 quelques jours plus tôt. Elle avait compris que le véritable enjeu n'était pas Rose ni même l'idée de perdre l'être aimé, ni le désespoir qui va avec. Non, cette histoire était de celle qui concernait toute une humanité. Aussi, elle avait décidé d'accepter d'être séparée de Yann pendant un an, le temps que ce plan soit parfaitement orchestré et exécuté.

Le plan prévoyait que Yann ne soupçonne à aucun moment que Clara travaillait en fait pour Monsieur Cursan, car Yann devait fermement croire que Monsieur Cursan le traquait pour obtenir les informations qui lui avait été données par Clara juste avant de disparaître : Clara lui avait intentionnellement demandé de se méfier de Monsieur Cursan, en lui précisant qu'il ne devait surtout pas mettre la main sur la clé USB qui lui serait remise un jour où il ne s'y attendrait pas, afin, en réalité, qu'il reste sur ses gardes et vigilant à chaque instant. Sa dernière lettre était sciemment le seul indice qu'elle lui avait donné avant de disparaître ; aucun lien ne devait plus les relier pendant toute une année, pour la réussite de cette mission. En se dissociant de Yann, il serait désormais plus difficile de remonter jusqu'aux Professeurs, jusqu'à leurs recherches, et jusqu'à Monsieur Cursan. L'effet de surprise était leur atout.

Clara savait toutefois depuis le début qu'elle était le maillon faible, car Yann, certes, lui faisait confiance, mais serait-ce au point de la laisser partir, comme ça, pour toute une année, sans entrer en suspicion à son sujet ? Elle lui avait bien parlé d'un voyage « fondamental » à devoir effectuer, mais son explication était floue, loin de celle qui vous convainc sur le champ. Heureusement, c'est étonnamment grâce à ce flou qu'il avait finalement accepté sa longue absence, car, s'était-il dit, cela devait vraiment être d'une importance extrême pour elle pour qu'elle insiste autant avec ce mot « fondamental » qu'elle n'avait jamais employé jusque-là.

Yann comprenait enfin qu'il était le pont dans ce puzzle, et qu'il était plus judicieux et protecteur pour Clara de ne laisser paraître aucun lien entre eux. Oui, maintenant il comprenait lucidement son départ et absence durant ces longs mois. Mais si cette précieuse clé USB était en sécurité depuis le début, pourquoi avait-il fallu lui faire croire que Monsieur Cursan le traquait ?

Cet homme avait toujours trois coups d'avance, et à chaque fois que Yann allait être retrouvé par les personnes qui voulaient mettre la main sur les recherches du Professeur Laurence, il faisait fuir Yann et l'obligeait ainsi à se mettre à l'abri. C'était son rôle dans ce plan. Tous devaient croire que Monsieur Cursan pourchassait Yann, quitte à faire du « théâtre » à l'hôtel ou à la conférence. Les véritables traqueurs étaient ainsi réduits, face à ces mises en scène, à attendre pour ne pas éveiller les soupçons, ce qui laissait le temps à l'équipe de l'homme aux yeux glacials d'agir. Le code devait être prononcé du micro pour que le Professeur Laurence sache que la première étape était franchie, que pour le moment le code n'avait pas changé, et par conséquent le plan non plus ; tout restait sous contrôle. C'était le même code qui garantissait l'accès au dossier contenu sur la clé USB. Ce code resterait valide tant que Clara et Yann pouvaient le confirmer pour la suite des opérations. Si l'un d'eux donnait un code différent, alors l'opération devrait avorter rapidement pour mettre les Professeurs à l'abri dans un avion prêt à décoller à l'aéroport de Barcelone.

Finalement, le Professeur Laurence arriva en courant auprès de l'hélicoptère, mais quand il leva le bras pour faire signe au pilote, son badge tomba de sa veste sur le sol.

« Vite professeur, elle nous attend ! Nous allons juste faire une petite halte à quelques kilomètres d'abord » lui dit Clara dans un ton précipité.

Le Professeur s'assit rapidement et l'hélicoptère s'envola dans un bruit assourdissant, quand une berline arriva à toute allure au même moment... C'était Catherine, la journaliste reporter en mal d'article à publier ! Elle prit des photos de la scène, et remarqua au sol le badge qui portait le nom du « Professeur Laurence ». Elle le mit aussitôt dans sa poche et retourna dans sa voiture à toute allure en voyant un homme en costume sombre un peu plus loin, qui sortait de son véhicule en s'avançant droit sur elle. Elle démarra en trombe mais fut rapidement rattrapée par une moto qui l'obligea à s'arrêter sur le bas-côté de la route en plein raz campagne.

Le motard lui fit signe d'ouvrir sa fenêtre, elle hésita un instant, mais elle n'avait pas trop le choix car appeler à l'aide n'aurait servi à rien dans ce lieu isolé.

Quand il retira son casque, elle reconnut l'agent de sécurité qui l'avait laissée enter à la conférence.

« Monsieur Cursan souhaite vous parler chère Madame la journaliste » dit-il en admirant son courage.

Sa curiosité la dévorant, elle lui répondit « Comment savez-vous que je suis journaliste ? Peu importe…, je vous suis ». Elle le suivit donc sur quelques kilomètres, et vit l'hélicoptère de l'homme d'affaires posé au sol dans une clairière discrète. Il faisait une courte halte cruciale avant de se diriger vers la France. L'agent de sécurité lui fit signe de monter à l'intérieur. Elle regarda Yann avec des yeux interrogateurs, Clara la rassura du regard.

Monsieur Cursan prit la parole avec autorité :

« Catherine, c'est bien ça ? Je sais que vous êtes journaliste, et que vous cherchez la bonne histoire qui fera vendre. Montrez-moi les photos que vous avez prises depuis le début, c'est-à-dire depuis votre séjour à l'hôtel où vous avez remarqué Yann pour la première fois ».

Catherine était étonnée d'avoir été repérée depuis le début sans s'en être rendu compte. Son égo dû accuser ce coup, puis elle sortit son téléphone portable et le lui montra.

Monsieur Cursan le saisit et parcouru les photos…« Impressionnant »   observa-t-il… « Vous avez tous les moments décisifs, et vous avez même réussi à photographier les hommes qui pourchassaient Yann… Et je vois aussi les scientifiques de la conférence… Tout y est… Avez-vous une idée de ce qui se passe ici ? »

Catherine comprit d'instinct qu'elle était sur un très gros coup, et se félicitait de pouvoir concourir malgré elle au dénouement de cette affaire.

Après une longue discussion au cours de laquelle il lui révéla toute l'opération qui se déroulait, à l'exception du plus important – le contenu du boîtier noir, Monsieur Cursan réussit à la convaincre d'écrire son article illico et de le faire paraître sur tous les réseaux sociaux. Il lui en expliqua de nombreux détails savoureux, en s'appliquant en particulier à bien lui faire comprendre que pour être protégée, il fallait que la découverte scientifique du Professeur Laurence soit connue du grand public le plus rapidement possible. Une journaliste qui avait suivi l'affaire d'aussi près était de fait une véritable aubaine pour Monsieur Cursan, qui sut immédiatement exploiter la situation à son avantage. Il lui fit une copie du dossier sur une clé USB et la lui tendit.

Catherine prit la clé et lui dit « je ne pense pas que vous me fassiez confiance Monsieur Cursan, alors pourquoi me donnez-vous cette clé ? Vous savez bien que je pourrais vendre une fortune ce dossier à vos concurrents… »

Monsieur Cursan fit un rictus très bref, ce genre de rictus carnassier propre à l'homme d'affaires qui maîtrise parfaitement son dossier ou sa proie, et lui répondit en la regardant droit dans les yeux : « vous ne le ferez pas, car vous ne savez pas ce que contient ce boîtier noir que Yann a confié au Professeur Laurence à la conférence et vous mourrez d'envie de le savoir… Vous savez que c'est ce petit boîtier noir qui a demandé tant d'efforts et de sacrifices. Publiez ces documents de recherches que je viens de vous confier et je vous assure que vous aurez l'exclusivité du scoop sur cette découverte qui constitue une avancée majeure et sans précédent dans le monde scientifique… ».

Catherine pinça ses lèvres pulpeuses, fit une moue satisfaite avec sa bouche, tourna la tête, et acquiesça. Elle descendit de l'hélicoptère, qui redécolla dans la foulée, tandis qu'elle regagnait au trot sa voiture en téléphonant à ses contacts pour s'acquitter au plus vite de sa mission.

Chapitre 12

Loin de toute cette agitation, Rose cassait quelques biscottes beurrées entre ses mains amincies pour les déposer délicatement sur le rebord en pierres de sa fenêtre. Elle attendait avec impatience ce moment où le rouge gorge venait honorer ce délicieux repas d'oiseau. Elle aimait regarder ses yeux ronds et fixes, qui lui rappelaient ceux de Richard. Sa couleur rouge et grise égayait la saison, et elle aimait quand il se dandinait sur ses pattes fines comme des brindilles, lui faisant une danse pour la remercier d'être là chaque matin, oui, d'être là, tout simplement.

Cette journée semblait ressembler à s'y méprendre à celle d'hier, jusqu'à ce qu'elle vît des gouttes de rosée sur les fleurs de son camélia rose que Richard lui avait planté pour leur anniversaire de mariage. Elle ne savait plus trop lequel du reste, car après quelques années seulement, ils avaient cessé de les célébrer. Elle sourit, s'installa à sa table, prit un stylo, et commença à griffonner sur un carnet :

« Si j'étais la rosée j'aimerais tenir à toi suspendue dans le vide. Je verrais le monde à l'envers comme il pourrait être à travers la larme que je suis. Ne suis-je que trois atomes ? Ne suis-je pas aussi un peu de vie ? Délicate, je me fais légère sur ton pétale. Ne te penche pas vers moi, ta révérence me ferait tomber. Retiens le vent, retiens ton souffle… laisse faire le soleil, que ses rayons jouent et m'habillent de lumière de diamants… ».

Las, elle reposa son stylo sans se relire et rangea son carnet sur un coin de la table. Sa respiration devenait haletante ; garder les yeux ouverts était un défi depuis ce matin. La lumière du jour lui semblait trop éclatante, les bruits plus lointains… Elle marcha difficilement jusqu'à son fauteuil en rotin, et se laissa tomber dessus, ne prenant pas le temps d'en retirer le plaid. Son esprit devint confus, son expiration était lente, calme, comme un adieu paisible adressé la vie, à Richard, et à son rouge gorge.

Le bruit d'un hélicoptère tournoya au-dessus de la maison de Rose. Il arrivait parfois qu'on l'entende quand les recherches étaient lancées pour retrouver des randonneurs qui s'étaient égarés dans les montagnes.

L'hélicoptère atterrit dans le champ voisin. Richard se hâta d'en descendre, étonné de ne pas la voir sortir avec tout ce bruit. Il lui sembla que son souffle se coupait, et il fut pris d'un vertige impressionnant, celui d'un vieil homme au cœur si bon et toujours si épris d'elle que ses émotions venaient de le submerger. Ses jambes prirent alors le relais de son esprit et le portèrent jusqu'à l'antre de Rose. Pour la première fois de sa vie il ressentait une peur incontrôlable… Il ouvrit la porte, la vit sans souffle dans son fauteuil en rotin, courut jusqu'à elle, la prit dans ses bras, et essuya les larmes qui coulaient sur son visage d'un revers de manche, se disant qu'il arrivait trop tard… La serrant plus fort, il sentit un cœur battre. Il ne savait plus si c'était le sien ou celui de Rose, mais lorsqu'il vit ses yeux s'ouvrir comme lorsqu'on se réveille d'un songe agréable, il se mit à grelotter de bonheur. Ils pleurèrent ensemble un bon moment sans rien dire, leurs yeux noyés d'amour.

Quelques minutes plus tard, il lui présenta Monsieur Cursan, Clara et Yann qui étaient restés sous le porche. Clara prépara une camomille pour Rose et du café pour les hommes et déposa les tasses sur la table basse du salon.

Une fois remise du choc des retrouvailles, elle reprit tous ses esprits, Richard lui expliqua tout : le projet élaboré avec Monsieur Cursan pour lui sauver la vie, l'absence nécessaire pour ne pas être repéré et la garder en dehors de toute cette pression, Yann, la conférence à Barcelone… Et surtout : le boîtier noir contenant une cellule unique sur 3000 milliards, qui avait réussi les millions d'étapes de tests de compatibilité avec l'organisme humain ! Cette cellule contenait, greffé à son ADN, un stupéfiant programme informatique organique modifiable, en fonction des objectifs thérapeutiques cellulaires recherchés : programmée relativement à la pathologie du patient, une fois la cellule introduite et naturellement démultipliée dans le corps, elle guérirait les personnes malades. Ce programme était une stratégie de communication adaptée pour le système immunitaire qui allait dorénavant avoir une arme supplémentaire pour combattre les maladies graves auto-immunes, alliant l'immunité naturelle aux dernières découvertes scientifiques qui seraient encodées dans la cellule, pour faire gagner un précieux temps au système de défense de l'être humain. Cette précieuse cellule, le Professeur Laurence ne pouvait pas la faire entrer dans la conférence scientifique sans une personne de confiance et courageuse que rien ne reliait au monde de la science : Yann. Car les scientifiques étaient surveillés de près depuis plusieurs mois. Cette cellule unique, en sécurité contre la poitrine de Yann, dans un boîtier à température de haute précision, allait guérir des millions d'humains du mal du siècle, le cancer. Cette cellule était partie en laboratoire pour être répliquée grâce à l'intervention du Docteur Gomez… Cela faisait beaucoup d'informations techniques difficiles à intégrer pour Rose, rattrapée par une migraine. Depuis toujours, elle laissait ces aspects scientifiques à son Richard qui aimait tant son métier. Quant à elle, elle préférait le Richard bricoleur, mais qu'importe, elle était si heureuse de revoir son Richard ! Qu'importe ce flot de paroles, qu'importent ces gens qu'elle ne connaissait pas au milieu de son salon, il était là, lui ! Elle ne pouvait pas se lasser de regarder son visage qui avait quelques rides de plus que l'an passé. Il était bien là, avec ses petits yeux de gerbille. Yann, de son côté, prit la main de Clara, si douce, si parfaite, et il lui sourit ; il avait été tellement décontenancé par toutes ses attitudes étranges ces dernières heures, qu'il choisit de remettre à plus tard toute discussion sur ce sujet. Clara, quant à elle, ne doutait pas qu'il finirait par comprendre et accepter qu'elle puisse jouer son jeu de rôle jusqu'à la fin de la mission, sachant que leurs poursuivants traquaient la moindre piste et les observaient de près. En regardant Rose et Richard, il se disait que Clara et lui leur ressemblaient beaucoup au fond.

Monsieur Cursan se leva précipitamment, comme s'il semblait imperméable à ces retrouvailles émouvantes, et décrocha son téléphone.

« C'est fait ? » demanda-t-il.

« C'est fait. Connectez-vous sur le net, voyez par vous-même… Alors le boîtier, vous allez enfin m'expliquer ? » lui souffla Catherine en riant.

Il pianota sur son clavier, et sentit l'adrénaline monter ; Catherine s'était merveilleusement distinguée sur sa façon de s'acquitter de sa mission : les journaux du monde entier et les réseaux sociaux ne parlaient que d'une chose , la cellule MXW7, la cellule génétiquement modifiée, dans laquelle il était maintenant possible de programmer une séquence de désactivation du cancer et bien d'autres maladies. Pour y parvenir, la cellule MXW7 feignait d'appartenir au système immunitaire afin de s'y fondre et lui donner des ordres, et était capable de reprogrammer les cellules malades sans passer par l'apoptose. La cellule redevenait saine et porteuse de ce nouveau programme elle aussi, qui l'immunisait du cancer et certaines maladies auto-immunes.

Monsieur Cursan qui avait déposé ce programme, allait devenir l'homme qui avait vaincu le cancer au 21e siècle… Et l'homme le plus riche du monde… Toutefois, cette double extraordinaire perspective n'enflamma guère son esprit.

Il se retourna, téléphone à l'oreille, et observa longuement Richard et Rose. Il sentit alors dans ses entrailles comme un déclic, une révélation : il allait utiliser désormais sa fortune pour tenter de trouver un moyen de retarder le vieillissement !! Il se donnait même le défi de faire vivre Rose et Richard au moins 15 ans de plus avec une bonne santé.

« Catherine, j'ai une autre mission pour vous… », marmonna-t-il au combiné.

En prenant cette décision, il sourit d'un sourire franc, radieux et apaisé ; il avait enfin trouvé le bonheur qui le fuyait depuis toujours en comprenant, enfin (!), que celui-ci ne se cherchait pas mais s'invitait lui-même, simplement, lorsqu'un humain fait du bien aux autres…

Cette nouvelle perspective le motiva pour s'investir dans cette nouvelle recherche qui paraîtrait insensée aux yeux des hommes d'affaires qu'il côtoyait de près… Le sourire satisfait, ses yeux se posèrent sur le bahut, il vit le cadre doré avec la photo d'un bébé en noir et blanc, ses yeux se froncèrent un instant… Quand il s'aperçut que Rose le dévisageait, sa respiration se bloqua…

www.ingramcontent.com/pod-product-compliance
Lightning Source LLC
LaVergne TN
LVHW091721190726
843493LV00001B/404